[日]
北野武
——————— 著

王彤
——————— 译

北野武的孤独时刻

四川文艺出版社

序言

我终于也七十一岁[1]了。

"担心啥，反正也没人指望一个老头子能有什么前途。"

"啊，红灯！不如以老太太为'肉盾'来过马路。"

在我还是相声组合 Two Beats 的一员时，我经常在相声段子里用老头子、老太太的哏来抖包袱。距当时已过去四十多年了，如今我也完全成了一位名副其实的老人家。

一般人到了这个年纪，都觉得自己的人生差不多要"告一段落"了，都开始想着要如何安享晚年了吧。然而，我却从来不这么想。

我经常说自己是迎来了"第三十八个黄金时代"，到了这个年纪，每天还是非常忙的哦。不但常规的电视节目还在一个劲儿地做，我还接到了日本放送协会（简称NHK）的大河剧《韦驮天：东京奥运会的故事》剧组的邀请，经常去参加拍摄活动。我在剧里饰演我最喜欢的单口相声演员古今亭志生，对此我深感荣幸。

无论我上了多少综艺节目，其实自己真正想做的还是创作。在深夜时分或是其他的空闲时间，我还会去画点儿画。这时候，小说创作的灵感也会文思泉涌。除了已经出版的《相似体Analogue》②《再见了，小刚》③等，我还写了很多不同题材的作品。而且，当前正在介绍的这本书写完之后，我还写了一本非常合我心意小说，叫作《法兰西座》④。当然，在电影方面，我也打算尝试拍一部之前没有涉及的大制作、大场景的片子。

我从来都没有忘记过自己"搞笑"的老本行。前一阵子，我还创作了一个小的说唱（rap）段子。

"赶紧下台自民党，背后操盘公明党，面目全非民主党，立宪、护宪东乡健，还存在吗日共党。"

虽然内容比较毒舌，但创作起来还是相当有趣的。一旦押上韵脚，我就觉得很开心，于是脑海里开始不断地涌现出新的笑点。我心里盘算着一定得让这个小段子在什么节目里露一手。

一直聊这些顺风顺水的话题，一定会让你觉得北野武总是精力满满，没有什么烦恼吧。虽然我是朝着这个方向去努力的，但是我也会老，毕竟岁月不饶人。随着年龄的增长，我也能体会到与日俱增的"孤独感"。

刚刚在上文中提到的毒舌段子，如果换成 Two Beats 时代的我来讲，语速肯定是相当快的。不过，即便是那时候的语速，也赶不上我现在头脑中语言和思想不断涌现的速度。

我在四十多岁的时候，晚上结束了一天的工作后还可以同"北野武军团"的一帮伙计喝酒到天亮，再打个晨间的棒球，然后去小姐姐那里稍微睡一小会儿，接着又开始了新一天的工作。那时候，每天都是这样过的，几乎不怎么睡觉，二十四小时疯狂地连轴转。因此，周围的人都在说："北野武这小子肯定是嗑药了。"这个传言也确实给我造成了一些麻烦，当时还真有警察来调查我是否有吸毒的经历。唉，只能说年轻的时候肾上腺素就是这么丰沛。

跟那时相比，现在无论是体力还是爆发力都明显下降了。像那次拍高尔夫用品的广告时，司机师傅还在若无其事地忙着开车，我已经感到无法与外界的天气抗争了，既怕冷又怕热。2018年夏天也是一样，我有一天在接近40℃的高温下去打高尔夫球，很快就气喘吁吁、体力不支了。一轮都没坚持下来，打了一半后只好作罢。

包括对女性的态度也完全不同了，我年轻的时候对女性简直垂涎若渴，现在想来实在是恍然如梦。到了现在这个年纪，基本已经不再会"性致勃勃"了，看到小姐姐们也完全提不起兴趣。在写真集上看到女星时，别说是身体没有反应了，甚至还会觉得"这也太污了吧"。这还是我吗？假设是放在三十年前，我肯定无法想象自己会变成这样。

如果像这样去一一罗列的话，上年纪还是挺残酷的一件事。我完全明白，跟从前的自己比，感到不便的事情越来越多了。因此，很多男人会觉得衰老的过程总会伴随着一抹"孤独感"。

为什么衰老会给人带来孤独感呢？为什么我们会把衰老当成一种否定的、负面的存在呢？这是不是因为

"衰老"这个词本身就过分地带有对抗自然的意味呢?

我从来就没有祈祷过"永葆青春",也没有想过要隐瞒自己的衰老。现在的身体跟之前相比确实有很多不方便的地方,虽然我对此也有点焦虑,但是老化是无法避免的自然现象,我们是不可能战胜客观规律的。

人生就是会随着年龄的增长变得步履维艰,甚至变得无章可循。如梦如幻的精彩晚年是不存在的。跟年轻时相比,伴随着年纪的增长,随之而来的都是些枯燥、无聊的东西——这算是个真理吧。

不过,如果你调整心态带着"如何梅开二度"的想法步入老年,情况可能就不同了。以积极的心态接受老去的事实,并把一切的状况外都归罪于上了年纪。不管做什么,一旦失败了,就去想想"因为我是个老头子啊,没办法"。如果被人责怪了,就去假装自己是个痴呆老人。这么一来,岂不美哉?

不要再对逝去的青春依依不舍了。总之,我们对自己的年龄是撒不了谎的,就这么简单。最近有个词语很流行,叫作"抗衰老",我觉得这个说法本身就是把自己的年纪当成了耻辱的一种表达。

细细来说，上述表达与脱发的人想用假发把自己的秃头隐藏起来殊途同归。当我们的头发变得稀疏时，直接去剃个光头的话多么干净利落，不管是变着法子生发还是用什么手段去隐藏所剩无几的寥寥数根头发，最后都难免会露出破绽。他们都是没有看明白，这种对逝去青春依依不舍的心情会反过来加剧年老后的"孤独感"。女人们希望红颜永驻姑且可以理解，男人们要是整天期盼着重返年轻，总归令人感到恶心。

人们常说："男人是酒，越陈越香。"比起抗衰老，我觉得男人应该追求的是成熟、是陈酿感。威士忌不就是这样吗，越是年份久远，越是价格高昂。这么一想，也就没什么可怕的了。我们要利用好自己的年纪，不必在意世人的眼光，去做自己喜欢的事，去说自己想说的话。正因如此，我至今仍然在很多地方装傻充愣，也经常在报刊上发表一些"毒鸡汤"或是段子。我不想失去"自己的内核"，并有心想保持好自己最本真的"内核"，直到行将就木。

最近，好像很多带有"衰老"或是"晚年孤独"字眼儿的书开始在市面上成为畅销书。其中大多数是讲述

"如何拥有一个美好的晚年，如何把老年生活过得充实、有趣"的。我想，当前这本书的编辑肯定也希望我去写写类似的题材，也是在这种心情下提出出版这本书的吧。

然而，我却有不同的见解，我觉得人上了年纪变得"无趣"甚至"凄惨"是理所当然的。如果把它们当成"精彩的事""很棒的事"，反倒会徒增一丝悲凉。

对于男人的人生而言，可能稍微给点提示就会带来很大的改变。如何才能做到不在意他人的眼光，去做自己想做的事呢？我想谈几点我的看法。

男人如何与衰老和平共处——我认为说得冠冕堂皇一点，就是如何直面必将到来的孤寂。

跟许多人一样，我的人生中所度过的平安、顺遂的日子比自己想象的还要多。然而，四十七岁时，我因为一场摩托车事故差点一命呜呼，可谓"九死一生"。从那时开始，我的人生观、生死观很明显都发生了巨大的变化。

即便是现在，我偶尔还在想："我在那场事故中昏迷了，是不是此后一直都处在昏睡状态？那么，从那以后的人生是否都是梦境呢？"也许有一天我突然睁开眼，发现自己又回到了出事后就医的病床上。每次一想到这里，我便不由得生出一身冷汗。

这么一想，我今后的人生就像明石家秋刀鱼的口头禅说的那样："只要还活着，就是赚到了。"我不喜欢像僧人说教那样使用诸如"放空""觉悟"这类高深的词语，你只要能带着"我还能有晚年，就是赚到了"的感知，我认为你的人生就已经发生改变了。

总之，谁也没指望一个搞笑出身的男人会讲出什么能够载入教科书的至理名言，大家能听进去一半，我也就心满意足了。而且，我也很怕讲太多艰深晦涩的话，所以在这本书里，我当然还是延续一贯的作风，会插入很多令人皱眉的"毒鸡汤"和插科打诨的段子。我会尽量将这些内容控制在一定的程度，不至于让大家认真地板起脸来怒吼："开玩笑的吗？！谁要听这些无聊的东西！"当然啦，一个合格的成年人是不会把艺人的话全部当真的。

本书的开场白也就是这个样子了，还请大家多多关照呀。

注释：

①本书日文版于2019年在日本出版。

②日文原名《アナログ》。——译者注。本书中如无特别说明均为译者注。

③日文原名《ゴンちゃん、またね。》。

④日文原名《フランス座》。法兰西座是日本各式草根艺术的表演场，是北野武艺术生涯开始的地方。

目录

第一章　关于衰老、孤单与独立 - 001

第二章　老友之死，令人感怀 - 059

第三章　日本社会的老龄化 - 091

别　刊　年度最火人物"万人嫌大奖" - 163

结　语 - 181

第一章

关于衰老、孤单与独立

"孤独是幸福的。"此种说法纯属谎言，原本就不存在所谓"精彩的晚年"。

为何上了年纪的人会感到孤单？

我常常在想，当艺人真是件苦差事啊。

当然，在你档期满满的时候，的确有种众星捧月的感觉，同时能赚个盆满钵满。然而，名人效应所带来的"成名税"也是不可忽视的。作为名人，一旦出了问题，就会被大众群起而攻之。有许多艺人仅仅是因为自己的儿子或是女儿捅出了什么娄子而导致工作解约，这种情况屡见不鲜。而且，作为艺人是没有个人隐私的。我经常想去我家附近那些在街角巷道的中餐馆点杯啤酒、点个饺子什么的——我原本就出身于足立区的贫苦人家，所以真的非常喜欢这类街头小馆——结果，最近我去这些小饭馆吃饭时，总是被正巧来吃饭的客人甚至店员拿手机拍下照片上传到网上。不仅如此，我有时候会胡思乱想——假如在厨房工作的店员中有讨厌我的家伙的话……于是，我便很难再去我没去过的地方尝鲜了。

因此，最后就变成了平时吃饭只能去一些比较熟知的、老早之前就常去的高级料理店。从这个层面讲，艺人们的日子也是很憋屈的。

不过，当一名艺人对于我这个岁数的人来说还是有一些好处的，那就是只要大众还喜欢吃你这一套，就可以实现"终身在任，永不退休"。值得庆幸的是，即便我现在过了七十岁，却处在人生中最忙的时候。正因如此，我才依然能在电视上、在文艺圈子里肆意妄为吧。我的理想就是能够成为古今亭志生那样的艺人，到了晚年即使大小便失禁了，还能登台演出，并且座无虚席。艺人们就是有一项特权，那就是只要能叫座，不管他有多么的年老昏聩，都可以在观众面前毫无隐藏地表现出来。

然而，在同样的问题上，上班族又是怎样的处境呢？上班族在我这个年纪，应该早已退休，开始了指望退休工资的生活吧。上班族在退休之前一直属于某个公司，通过公司跟社会拥有一定的联系，并且在公司里拥有某个头衔，或拥有某个职位。当他们失去这些时，难免会感到心里空落落的，难免会怅然若失。上班族退休后，每天见面的人数骤减，他们不免会产生"我好像不再被社会所需要了"的消极想法。与此同时，孤独感也会不断袭来。

对于这个年纪的人来说，父母、同龄人，甚至比自己还年轻的人相继逝去，频繁地与"死亡"相遇令他们的处境雪上加霜。我回顾了一下自己的经历，其中也有许多悲伤的生死离别。特别是2018年2月，经常出演我的电影的大杉涟驾鹤西去了，我当时着实一惊。我的内心不断升腾起深深的孤寂感，在看 *NEWS CASTER*（TBS电视台的新闻节目）的现场直播时，眼泪不受控制地流了下来。那时我才意识到，老年人孤独的问题就在我身边。

给有类似处境的老人带来安全感的肯定就是鼓吹"孤独是一种幸福"的那类书了。我听说最近带有"衰老""孤独"这类字眼儿的书开始走俏，这类书的主要目标受众莫不是我们这个年龄段的老年人吧？在这类书中，充斥着诸如"孤独是让我们学会与自己相处并变得成熟的机会""并不只有与家人、朋友团聚的生活才是幸福的"等肯定晚年孤独的言辞与观点。

然而，如果盲从这些观点的话会怎么样呢？如果因为书里那些中听的话而猛扑向这些书,这跟狂热的宗教信徒相信"信者得救赎"有什么区别呢?能够冠冕堂皇地讲出"孤独是精彩的"这句话的人都是一些名流或者社会地位很高的人。写出著名的孤独题材的书的,无一例外都是非常知名的作家。因为作者是被社会普遍认可的作家,所以读者也理所当然地接受了"孤独是精彩的"这样的观点。

而我只看到了,一些心有不安的老人听到有人在耳边低语"一个人也能过得很好"后紧张地跳了起来。

我的这本书与那些"孤独礼赞"有着本质的不同。"衰老"与"孤独"是残酷的,如果不从这个观点出发,那么一切都是空谈。

哪怕"今日卒"也是不错的

如果只是在一些图书的影响下开始"接纳孤独",那么这种程度的影响还不足以使一个人做到切断与周围的一切社交。

在我们将一本"孤独礼赞"拿到手里的时候,其实就是我们意识到了——"也许我是不是有点孤独呢？"这时，我们会比较在意别人都是怎么看待我们的，也就是非常在意他人的眼光。我们不想被人们当成"没有价值的老人"，或是"可怜的老人"。因为人们都有这样的虚荣心，所以这类肯定孤独价值的书会令我们倍感欣慰。"我们不是被孤独选择，而是我们主动选择了孤独"，人们的潜意识里都存在着这种想向他人宣扬的情绪吧。

总而言之，我想说的是，一个人不管多么努力，都无法彻底抛弃所谓"希望得到他人接纳"的认同感。

尤其是像我们这类一直活在观众面前的人，会更加理解这种感受。到了我这个年纪还能被观众所接受，会使人产生前所未有的快感。这时，金钱与名誉只是随之而来的东西，我们首先得到的是"被人接受""得到好评"这类情感上的价值体验。正因如此，我现在还会时不时地开一场个人脱口秀，在一群观众面前现场表演我的搞笑段子。并且，我还拜在单口相声大家立川谈春门下，以立川梅春[①]为艺名登上了高座。被人们承认、接受，真是一种令人上瘾的感觉啊。

不得不说在进行思索搞笑包袱、画画以及写小说等创作性的工作时，我是十分孤独的。这是因为，在这些创作性的时间里，我只能靠自己，是无法得到他人的帮助的。不过，事实上，如果能够事先将"想被他人认可"作为奋斗目标，孤独的工作有时也会变得没么难挨，甚至还能苦中作乐。

如果抛开上述铺垫，只是冲动地把"孤独"当成值得感恩的东西，那就太奇怪了。不管我们再怎么大彻大悟，也不可能在完全孤单一人的情况下不感到孤独。

也许那些晚年生活指南能够大卖，受众群体并不只限于老年人，更是因为相信可以"度过精彩余生"的人太多了。同理，一些宣扬延年益寿的养生图书总是销量领先。

然而事与愿违，人生就是会随着年龄的增长而渐渐变得不那么有趣，变得步履蹒跚、行动不便。如梦如幻的完美老年是不存在的——这才是现实中的真理。衰老比想象的更加残酷，想过好晚年，就必须从接受衰老开始。

总之，衰老的过程会伴随着身体机能的衰减，你会觉得身体哪里都不听使唤了。那么，我们这时候再去追求"潇洒地老去",本身就是一件靠不住的事情。到头来不管潇不潇洒,都是基于别人的判断。如果我们对此执迷不悟的话,是不会有任何回报的。

不要讨好年轻人

许多年前,我拍过一部以一群退役的黑帮大爷为主角的电影,叫《龙三和他的七人党》。

这群大爷身无分文、居无定所,一言以蔽之就是"社会弱势群体"。故事中,这群不起眼的老人不但会搞"猜猜我是谁"的电话诈骗,还会上门强行推销产品,甚至会随意欺凌一些比他们年轻一点的中老年群体。当然,这部作品中也包含了我个人风格比较明显的黑色幽默以及许多无厘头的搞笑段子。然而,你看完之后,可能会在内心深处感到隐隐作痛。这部片子在我所有的作品中,即便是在人气作品里也是挂得上号的。

当时,我们请了藤龙也出演主人公龙三。当然,藤龙也本人是大家非常认可的标致美男子。不过即便是他,扮成一个臭老头子后也同样让人觉得面目可憎。比如,在人前放屁等，完全不顾形象，简直惨不忍睹。

然而，如果我们换个角度去想，所谓"一无所有的糟老头"也可以被认为是"无所畏惧"的最强天团。他们既不用担心被公司裁员，也不必担心不受女生欢迎，因为对他们来说，不受欢迎才是理所当然的。他们无论遭遇怎样的失败，未来也不会受一丁点儿影响。这个世上恐怕再也找不出能比他们更有条件肆意妄为的人了吧。

不光是他们，其实所有的老年人都可以完全不顾周围人的眼光随心所欲地做自己。不过，当今社会的大部分中老年人，跟我和岛田洋七[②]不同，他们活得规规矩矩，总觉得"必须成为社会上、家族中受人尊敬的长辈"。于是乎，他们便戴上了沉重的枷锁。

此外，这种想法还有一个很大的陷阱，那就是评判一个老人是不是受人尊敬的标准往往是比我们年轻的家伙们制定的。因此，所谓被社会尊敬的老人抑或是模范老人，说到底不过是"受年轻人喜欢"罢了。

这样一来，不管你是否意识到了，只要你想成为一位被社会认可的、德高望重的老人，实际上潜意识里都萌生了讨好年轻人的想法。当我们想坦率地表达自己的欲求与意见时，可能会疑虑："这么做是不是太不稳重了？"于是，不知不觉中，自己的真性情就受到了压抑。

生而为人，原本就是越老越任性。我们不去追求"被人喜欢"或是"被人尊重"，而是选择过虽遭人嫌却怡然自得的日子岂不快哉？

下面要讲述的故事，作为上述观点的论据可能不那么贴切。有这么一个土豪老头，曾经在四千名女性身上累计投入三十亿日元，并且在七十七岁的高龄娶了一个比自己小五十五岁的年轻姑娘。最后，这老头离奇地死于家中。没错，他就是被世人称作"纪州的唐璜"的那位老人。人们在他的体内发现了大量的兴奋剂，当时，人们曾一度怀疑此人死于他杀。

我这么说可能不太严谨，像这位"纪州的唐璜"，即便人们在他死后会指指点点地评论道："就是因为这种生活做派才会遭此下场。"我们也不得不承认"唐璜"本人直到生命终结的那一刻都是在随心所欲地生活着，他的人生至少没有悔恨啊。我认为，不去在乎别人怎么想，而是把关注点放在自己是否得到满足上，这才是最重要的。

我想以恶人的身份死去

我再多说一点，即便你想用圆滑的生活方式获得年轻人的喜爱，也是得不到什么像样的回报的哦。年轻人每天光应付自己的事情就已经疲惫不堪了，对老头子、老太婆的事情根本不怎么记得。当我们死后，在盂兰盆节或是新年家人团聚在一起回忆起我们时，一般也就是来上一句"是个好人哪"。

在社区举行的聚会上，茶饭之余谈论起某个过世的老人时，通常是不会出现"是个好人哪"这句话的。这时，人们通常最怀念的还是那些任性妄为、总给人添麻烦的老人。

最落寞的莫过于一辈子在世人的眼光中小心谨慎地活着，到头来却被人们遗忘了。如果是这样，还不如当一个"恶人"，说不定还能留在某个人的记忆中。

因此，不管是在家里、职场上，还是在居住的社区里，我们完全没有必要去争当一个"不错的老人"。对我来说，最理想的葬礼是人们一边说着"这个老家伙终于死掉了"，一边拍手喝彩。如果我们换成这种思路，那么接下来的人生或许会一改从前的平凡，变得异彩纷呈呢！

说出"我永远年轻"这类逞强的话的人只是缺乏客观地认识自己的能力罢了。

无人能赢得对抗"衰老"这场战争

我发表完这一番老人论之后，仿佛听到了一群中老年读者在反驳："我们本来也没你说的那么老吧？"的确，近年来，有论调宣称我们已经进入了"人生一百年的时代"。领退休金的年龄也从六十五岁调整到了七十岁，并且现在还有继续调整到七十五岁的趋势。此外，不知是受到医疗水平还是食品质量的影响，与过去相比，现在的老人的确看着年轻多了。令人震惊的是，在国民动漫《海螺小姐》③中，海螺的父亲矶野波平、母亲矶野舟的年龄设定竟然是五十多岁！以现代人的眼光来看，这两个人物的外貌不要说是七十多岁了，就算是说成八十多岁也大有人信。"老年"的概念在这些年间确实发生了翻天覆地的变化。

另外，人们对男人的看法因所处的环境而异。比如，在棒球圈子里，1980年出生的松坂世代已经算是老选手了。如果我们再来看一下政治圈，那些政治家到了六十岁才称得上刚刚起步，实在年轻得很。

人生并不像季节那样四季分明，到了多少岁才算是老年，并没有明确的界定。但是，衰老的的确确在偷偷向我们靠近。正因如此，我们才更加需要"认清自己"的能力，可谓"人贵有自知之明"。

然而，并不像我们随口说说那样简单，这种能力得来不易，因为我们每个人都带着对"曾经的自己"的执念。虽然我们能够打心底里感觉到自己的体力大不如前，却总想着去与之抗衡，或是总希望还能像年轻时那样活力四射。比如，我们有时会去以奇怪的方式装嫩，有时会过度锻炼身体，有时会戴上假发掩盖岁月的痕迹。

但是，即便我们与衰老抗争，也绝无战胜的可能。做出这种判断的能力即我们"认清自己"的能力，这种能力也可以说成"客观地审视自己的能力"，或是"状况判断的能力"。实际上，我对自己的这种能力抱有绝对的自信。

我的这种能力是在年轻的时候养成的。当意识到自己语言的"爆发力"开始下降时，我就马上开始思考接下来的"新出路"。我完全没有去想自己要怎样努力继续相声演艺的道路。与运动界相同，相声界对反射神经也有很高的要求。当然，不是说随着年龄的增长就不能说相声了，但我还是断然决定改行。只有不对自己抱有过度的期待，才能冷静地做出判断。因此，我非常彻底地思考了一下"下一个自己"应该是什么样的。

于是，从那时起，我就拼命地思考要如何转型做一个演员，像现在热播的一些综艺节目《天才·北野武主持的令人精神振奋的节目！！》（日本电视台，后文简称《令人精神振奋的节目！！》）、《风云！北野武之城》（TBS电视台）、《北野武的运动健将》（朝日电视台）等，都是以那个时期的思考为基础逐渐发展起来的。

20世纪80年代,我曾经出演过一个像大久保清④那样的罪犯。我演这个角色是为了将"搞笑艺人北野武"与"演员北野武"画出清晰的界线。

以此为契机,之后我出演了大岛渚导演的电影《圣诞快乐,劳伦斯先生》。电影上映后,我曾偷偷跑到电影院去看看观众对这部电影的反应如何,结果就在开头部分,我一出场,全场哄堂大笑。果然,大家对我作为搞笑艺人的印象太过深刻,完全没把我当成演员。因此,我才想出演杀人狂魔、强奸犯这样的角色去消除大家对我的固化印象。而且,我确实觉得我的这种做法对我后期顺利走上影坛起到了一定作用。

后来,我确实当上了导演。我每次在拍摄的时候,都觉得旁边有一个理性的自己。虽然我也是抱着"老子的电影天下第一"的想法去拍摄的,但是我总觉得在自己的头顶上有另外一个自己在俯瞰着一切。因此,我是无法享受心底那股沾沾自喜的情绪的。即便偶尔有一瞬间让我觉得很投入、很忘我,但在下个瞬间立马就有另一个自己跑出来扫我的兴。

如果那时我特别执着于某一个点,也许就没有今天的我了。总觉得正是我的这种觉悟，使我目前的事业还能得以继续。

"退休以后，我要去培养个兴趣爱好"是很愚蠢的想法

用长远的眼光来审视自己的话，我还是觉得自己一度做出了最佳选择。多亏了这个明智的选择，自从成为人气相声演员以来，我总是最喜欢"现在的自己"。有很多老年人经常抱怨"还是以前好啊"，而我却从来没有这样的想法，我总觉得当前就是人生的巅峰期。如此想来，衰老也并没有什么可痛苦的。

经常有人会说："等我退休了，我一定要培养个新的兴趣爱好，开始人生的第二春。"然而，他们不知什么时候就会对那个兴趣爱好厌弃了，开始说"自己的晚年生活每天都很无聊"的往往正是这群家伙。要让我说，这种做法正是他们"无法客观地看待自己"的证据。不管是音乐还是美术，如果是在六十岁之前完全没有接触过的东西，当你六十岁之后突然开始接触，是无法一下子掌握要领的。跟十几岁、二十几岁时相比，我们的记忆

力明显衰退，新学一样东西可就太难了。如果怀着直面困难的心态去接受一件新事物也就罢了，假设自己还没有这个觉悟就去盲目地开始，往往都是以惨败而告终。因此，我们不能对自己抱有过高的期待。

我并没有要否定用一个兴趣爱好来丰富老年生活的意思，只是我觉得想用兴趣来安度晚年，就必须从年轻的时候开始喜欢某个领域，到了退休时已经是这个领域的"名人"了。

比如，有很多老家伙喜欢打高尔夫球、钓鱼、下围棋或将棋，简直到了废寝忘食的地步。他们这些人年轻的时候虽然忙于工作，但总是能挤出一些时间来发展他们的兴趣爱好。真正的兴趣是需要花费时间、金钱，并经过长年的努力培养而来的。

我们经常可以看到这样的新闻：某学校的校长或是教导主任与未成年少女发生不正当性行为，甚至收集了上千张学生的裸照。我觉得这类人群恐怕是青少年时期过度压抑自己的欲望，几乎没有接触过女孩子。但是，像我这样的家伙，年轻的时候跟小姐姐们有过太多的云雨巫山，到了老年后反而欲望枯竭。相反，新闻上那些性侵群体一方面蠢蠢欲动，另一方面又拥有了社会地位和金钱，可以说是终于具备了做坏事的条件，这样的他们是不可能安分守己的。我们之前谈到的"纪州的唐璜"属于非人的精力旺盛型，这自然要另当别论。然而对于一般的老头子来说，通常是有色心没体力，只会让人觉得猥琐、龌龊。

上了年纪后，能区分得清什么是自己能做的，什么是自己力所不能及的才是最重要的。

阿川夫妇堪称中老年界的模范夫妻

对我来说，跟交男性朋友一样，有很多女性朋友也是上了年纪后才开始交往的。没有什么比话很投机更令人开心的了。无论男女，如果上了年纪还依然想受欢迎，那么比起拼命地减肥或是抗衰老，不如多读书、看电影以及接触美术作品，使自己成为一个"有谈资"的人才是更有意义的。

自从年纪大了之后，"身体上的和谐"变得不是那么重要了，可以一起"快乐地喝酒"才是最重要的。从这一点来说，我认为最模范的老年夫妻是阿川夫妇。我说的阿川是前段时间与大她六岁的退休大学教授结了婚的阿川佐和子[5]。在阿川还没有公开结婚的喜讯时，我曾有幸与阿川、阿川的先生三个人一起吃过饭。当时，我觉得她的先生很爽快，是个很不错的人，也确实觉得他们"很般配"。他们都是很博学的人，所以聊天的时候话题丰富、多元。

今后，我们一定会迎来一个以老年人为中心的时代。因此，单身老人的数量剧增会成为必然。这样一来，不光是老年离婚，老年初婚和老年再婚都会变得盛况空前。越是进入老年时代，我们"锤炼内在"的需求就显得越发重要。

那么，如何锤炼客观审视自己的能力呢？我认为只有先去搞懂自己究竟有多无知，去明白自己有很多东西都不了解，除此之外别无他法。

"志愿者陷阱",
现代社会的"善意"与"亲切"早已是制度化的产物。

我们无法成为尾畠春夫

前段时间,七十八岁的超级志愿者尾畠春夫作为老年人的"希望之星"成为各大媒体的主要报道对象。当时,在山口县的周防大岛町上有一个两岁的男婴走失了。警察与消防员搜索了三天也没有找到,谁知尾畠先生只用了三十分钟就发现了走失男婴,实在是个厉害的老爷子。

这老爷子是志愿者中的专家,他曾在熊本地震和西日本洪灾的救援中担任志愿者,已经是世界范围内的知名人士了。尾畠春夫之所以能在周防大岛事件中大放异彩,是因为他过去在大分县的时候曾经有过一次寻找两岁儿童的经历。根据当时的经验,他知道"小孩子都喜欢登高",于是最后在距离现场五百米左右的山上发现了走失的男婴。

尾畠春夫的确是个狠角色，然而搞笑的是受此影响，最近在许多灾害与事故现场，突然来了许多奇奇怪怪的老头儿、老太太。他们开始询问："有没有什么可以帮忙的？"然而他们其中有很多人在现场反倒是给人添麻烦，让人觉得"你们到底是来干吗的"。我听说志愿者中确实有一类是被称为"怪物志愿者"的品质不良的家伙。

在前面的章节，我提到过"无法客观看待自己的老人是可怜的"。所以我在想，急速增加的高龄志愿者中是否有很多就是这类不能客观地看待自己的人呢？

从新闻报道的资料中，可以看出尾畠春夫是个彻头彻尾的"锻炼达人"。即便到了这个年纪，他每天还坚持跑八千米来保持体力。如果我们一心想着帮助别人、为大家服务，自然会像尾畠先生那样不断努力，并且时刻准备着。尤其是作为一位老年人，还能一直保持好的状态，实为不易之举。此外，我想尾畠先生一定是根据自己的专业优势，先来判断一下"自己去了现场可以做什么"，然后才决定赶赴现场的。

许多人是突然想去做志愿者，希望"自己也能做点什么从而受到表扬"，或是"通过助人得到快乐"，他们的动机与思想高度是完全不能跟尾畠先生相提并论的。他们与尾畠先生相比最大的差别就在于,他们没有冷静地评判自己的能力,不知道自己去了现场能不能给救援带来帮助。

当志愿者是一件了不起的事,但正因为志愿工作伟大,才更需要冷静的头脑与锐利的眼光。

"永葆活力"的谎言

说到底,高龄志愿者的浪潮也是受社会风气所影响的。

日本人在看到老年人做出一些壮举时,很容易发出"感谢您给我们带来的感动"或"年纪大了也不应该被社会抛弃"等言论。几年前,冒险家三浦雄一郎"以八十岁的高龄成功登顶珠穆朗玛峰",此举在人类历史上是前无古人的壮举。当时,社会言论方面也发出了诸如此类的评价。

当上述新闻报道播出来后,无论是电视节目还是各类杂志,都出现了"老年人也应怀有目标与梦想""让我们永远充满活力"等论调。

从某种意义上来说,这些言论使得老年人的生存环境变得空前恶劣。可以说,简直没有比现在更加令老年人难以生存的社会了。

我们没有必要被世间强加而来的舆论所束缚,完全可以无视所谓"充实的老年生活"。我们如果有想做的事情,那就利用好余生努力完成心愿。假设没有特别想做的事情,轻松、悠然地得过且过又有何不可呢?

当前社会是一个连理所当然的事情都不能好好说清楚的愚蠢社会。

让老年人"怀有梦想"的阴谋论

为什么"让老年人必须怀有梦想"的社会会给人带来巨大的压力呢?

我是个性格恶劣的人,所以我会马上考虑到"肯定有人能从中得到好处"。据说,当前日本衣柜储蓄的金额高达四十三兆日元。想必储存在衣柜中的,几乎都是六十岁以上、靠退休金维持生活的老年人的钱吧。也就是说，如果老年人都喜欢在家里无所事事地看看电视，或是钻进被窝里发发呆，社会经济走势就会越发低迷。那些想让老年人往外吐钱的家伙，自然会宣称"老年人也是可以干劲十足的"。我们完全可以想象，随后这类思想慢慢地渗入了社会各界。

"干劲十足的老年人"也很符合政府的利益。因为如果老年人还充满活力的话，退休金就显得没那么必要了。这样，在大趋势的影响下，发放退休金的时间也可以相应地推后了。

从退休后到发放退休金的这段"空白时间"，为了补贴家用，我们这一代人除了拼命工作别无他法。如果待在家里游手好闲的话，一定会被当成下等老人。到时候还要受到自尊心的谴责。令人担忧的是，今后这种思想的苗头恐怕会以各种形式呈现出来。

所以说，我们不要轻易中了世间舆论的花招，否则便是自掘坟墓。

请去质疑来自社会的"亲切关怀"

社会上"优待老年人"的制度正在形成,也许这种做法背后的目的也是鼓励老年人参与社会经济活动。

除了我们已经熟知的电影票、飞机票有高龄折扣,最近许多普通的餐馆也打出了"六十五岁以上的老人享受百分之十的优惠"等标语。社会上大多数老年人都很吃这一套。不得不说这些优惠的确能给他们省下一笔小钱,然而我一看到这类宣传,立马会觉得十分厌恶。我自己开始刷新认知,认同自己是个老年人也就罢了,凭什么要被你们随意当成老年人对待?对此,我觉得很有违和感,甚至很不能接受。

在这种制度化的优待下,我仿佛被强行裹挟进了要求"老年人要像个老年人"的社会压力之中。

特别让我生气的是地铁与公交车上的爱心座椅和老年专座。它们只是在宣称着"我们要重视老年人"的社会谎言,并且企图将其冠冕堂皇地制度化。

在我还是孩子的时候,虽然我们平时也会喊着"老头子""老太婆"大骂,但作为年轻人,默默为老年人让座却是理所应当的事情。在那个时代，我们虽然言辞恶劣，但基本的品行和礼仪还是有的。

然而，如今完全没有那时的感觉了。对于许多年轻人来说，由于自己坐的不是老年专座，即便是老年人站在面前，也压根儿没有让座的意思。在日常生活中，上述行为屡见不鲜。其实，无论这个座位是不是老年专座，我们都应该给面前的老年人让座，这才是优待老人的正确态度。然而，现实是可悲的，在"爱心座椅""老年专座"的规定下，老年人被逼向了社会的一角。

"我们为什么要优待老年人？"面对这一关键问题，当今社会默不作声。

就像我在本书开篇时所说的那样，我在年轻的时候也用过许多"欺负老年人"的搞笑包袱，而我现在也成了一位老年人。老年人并非生来就是老年人，他们跟我一样也曾经年轻过。正因为他们数十年地辛勤工作、认认真真地缴纳税费，才有了今天的日本。我们现在可以方便地乘坐地铁，可以安心地在街上散步，可以拿着叫作智能手机的文明利器享受社会发展的成果，究其根本都是老一辈们辛苦劳动得来的。我们把这一切都当成理所当然的，我们正在遗忘老年人做出的贡献。更有甚者认为"老年人太多了，导致财政亏空""老年人阻碍了社会改革的推进"，他们已经把老年人当成了社会的祸害。这些想法中，完全没有一点对老年人的感恩之情啊。

正因如此，当老年人开始说"你们应该感谢我们"时，反倒遭受了年轻人的无情嘲笑。轻则被嘲笑思想过时，重则有被贴上"老祸害"标签的危险。说完这些，我觉得可以定论：目前的社会在优待老年人方面是没有任何改善的。

对于老年人来说，最要紧的是不要期待来自年轻人的关心。相反，我们可以这么想："谁稀罕你们的关心！"在地铁和公交车上，如果遇到给我们让座的人，我们完全可以这样拒绝他们："别把我当老年人！""我比你们身体健壮多了！"我们不仅要拒绝让座，还可以进而对他们说教一番。纵使这种做法使我们讨人嫌，但那也比逆来顺受的老年人酷得多。我们完全可以重新定位自己，活成《龙三和他的七人党》中的"不良老人"那样。

不过话说回来，以"不良老人"为目标也是一种逞强。但是，我们只能这样做，否则就很难达成不必迎合任何人、轻松自在地生活的目标。比起迎合年轻人，我行我素地过活绝对是更好的选择。无论被周围多少人当成傻子，我也敢说随心所欲的活法肯定更开心。我就是这么想的。

为什么我没有在电视上过多地提到"批判性觉悟的独立"。

把"勋章"变成笑点

我本人从来没有想过要去当一位模范老人。我打算今后也要继续在电视上装憨卖傻，继续坚持毒舌、可恶、讨人嫌的风格。

然而，令人得意忘形的是，随着不断惹人讨厌，我到了这把岁数居然受到越来越多的嘉奖。我不但获得了法国政府授予的"荣誉军团勋章"[6]，最近还获得了日本政府颁发的旭日小绶章[7]。

老实说，我从来就对"勋章""表彰"之类的不感兴趣。正因如此，过去那些要颁发给我的奖项，十有八九都被我拒绝掉了。然而近年来，我一改常态，面对嘉奖开始欣然接受。有些人看到我现在的做法，开始对我恶语相向——"这老头子变得利欲熏心了吧""大概北野武江郎才尽，要准备后事了"。不过，可以肯定的一点是，接受了嘉奖不代表我打算向所谓的权威认定卑躬屈膝、阿谀奉承。我只是觉得接受了这些名誉可以给"搞笑"老本行增添色彩罢了。

"获得了文化勋章的我，希望因随地小便被抓。"

"成为人间国宝[®]那天由于吃霸王餐上了新闻，这得多么搞笑。"

我在得奖当天接受记者采访时就是这么说的。当自己的社会地位和权威性得到提高时，我狠狠地自嘲了一把。我想，这种反差效果不就是最好的笑点吗。

关于自立门户的"真实想法"

前段时间，我从原来的事务所 Office 北野离职自立门户，一度引起了不小的轰动。社会上一时间出现了许多不实的报道，其中最令我气愤的是这么一条评论："北野武的演艺生涯准备完美谢幕，他开始料理后事了。"

我之前因为摩托车事故曾经一度徘徊在生死的边缘，所以我在某种程度上已经接受过死亡了。正因如此，说得极端一点，我觉得"即便明天就要死去也没什么可遗憾的"。而且，我对死后的事情也不感兴趣，所以根本没想过要在生前刻意去安排所谓的后事。

之所以会出现这样的评论，是因为有人想混淆视听，遮掩关于我自立门户的真相。

我为什么会选择单飞，目前我还没有在电视上公开讨论过。不过，有一本叫《周刊post》的杂志，这本杂志因"世相观察毒鸡汤"栏目而大卖。考虑到杂志本身的风格，我在这本杂志上果然还是无法只说一些冠冕的客套话，总是忍不住要吐露真言。于是，在舆论的风口浪尖上，我在《周刊post》杂志的一档连载栏目中谈了一点真实的想法。

"说实话，除了工作人员和北野武军团，我们事务所里其他签约艺人的数量也在增长。受此影响，北野武军团的核心成员中有人渐渐变得吃不开了。最后，即便我拼命地接通告，我所珍视的北野武军团还是无法扭转局面。我开始有一种无力感。而且，原本事务所的经理和助理们应该是服务于各自的艺人的，并且相互之间也是相对独立的。这才是每个演艺公司该有的状态。结果，他们都依附于我，几乎没有培养出其他能拿得出手的人气明星。我已经七十多岁了，还在不知疲倦地辛勤工作，难道就是为了养活这群不能踏实工作、整天游手好闲的员工吗？这实在不能算是个'机能健全'的好公司。"（《周刊 Post》2018 年 3 月 26 日刊）

以上就是我的真实想法，至今也没有改变。不过，在这个节骨眼儿上，我也会回避其中具体的细节，也不会指名道姓地提及谁。

我原本就很讨厌过多地提及金钱，而且外扬家丑的做法本身也很没品。因此，不管是在电视上还是在新闻发布会上，每次涉及这个话题时，我都会插科打诨地带过，从来没有很认真地做出过回答。

自从爆出自立门户的消息，我已经被各大媒体的评论搞得不胜其烦。有的说，"北野武打算隐退了""北野武被太多的工作压垮了";也有的说,"北野武已经是个老头子了,他打算给演艺生涯画上完美的句号";还有的说,"北野武现在失去了制片人,只怕以后再难拍电影了"。

甚至有的媒体宣称,北野武为了给新事务所"T.N GON"的合伙人——也就是某个小姐姐多留些财产,才从原事务所离职的。这里所提及的小姐姐,曾经被某个媒体以"100亿的情人"大肆报道,这简直是造谣生事。我已完全没有了当年的雄风,目前就是个清心寡欲的老人,结果却被媒体硬安了一个情人,实属无可奈何。

总之,这些报道净是一些远离事实本质的东西。

而且,在这场骚动中,北野武军团的成员们也都被冒犯到。我觉得是我给他们添麻烦了,使他们处于可怜的境地。

其中我尤其对不起的是井手,他因为卷入这场骚动,在东京难以为继,只好回老家发展了。我听说了他的遭遇后,着实吃了一惊,我军团里的弟子竟然落得这步田地。

因此,当他打来电话告知此事时,我便回复他:"是我害你回了熊本老家，实在是对不住了，我一定会帮你重振旗鼓的。"

于是乎，在2018年9月，我带领整个军团去熊本办了一场现场演出。多亏大家还买我的账，当时的演出座无虚席，盛况空前。

我不会被女人左右自己的意见

Office 北野成立的初衷是能够让我和北野军团一起愉快地工作。然而，我在外面拼命接通告赚钱，结果只是让一部分员工中饱私囊，而军团的成员们却只能勉强度日，这种状况实在是有违初衷。

我最终决定单飞的契机是一份显示"本事务所赤字"的财务报表。北野武已经终年无休地拼命工作了，为什么他的事务所还会出现赤字？这实在让人接受不了。所以，Office 北野在组织、管理方面一定是存在问题的。

此外，我让军团的成员留在 Office 北野一事，也被误解、被讹传。根据媒体的报道，好像我把军团抛弃后自己跑路了。其实不然，因为带着大家一起离开根本不是件难事。

不过，这样一来就正合了事务所管理层干部的心意。他们常年以来在利益分配上占足了便宜，最后轻描淡写地以一句"好的，那就再见了各位"来宣告合作终结。这岂不是太便宜他们了？所以，我希望军团继续留在原事务所，至少可以起到一点掣肘的作用。如果整个军团直接跟着我一起进了新事务所，之前的恩怨纠葛就只能一笔勾销了。

我已经算是遭遇不公，逼不得已一走了之了，可有些报刊还发出不负责任的言论，说我"被女人洗脑了"。实际上，我单飞一事不管怎样都会引起轩然大波，我也因此要承受方方面面的损失，我怎么可能专门为了一个女人去冒这么大的风险呢。单飞完全是出于不爽原事务所的作为，除此之外没有其他原因。

原本我就是个有主见的人，在做任何决定时并不会受他人想法的摆布。不管提出意见的是男人还是女人，我都不可能盲目听从。无论是工作中还是生活上，虽然我会采纳别人的建议，但最终的决定权一定是在我手上的。从过去到现在，这点原则从未改变。也许我的做法从某种意义上讲的确有点孤傲，但这只是追求"随心所欲"的必然结果罢了。

没有必要准备后事，也没有必要取法名。

如果我不在了，请高声庆祝"太棒了，这家伙终于死了"。

期待死后的世界

我比较讨厌"准备后事"这一说法，因为它与我的生死观格格不入。所谓的准备后事其实就是"为将要面对的死亡做准备"吧。我不喜欢考虑那些，因为我感觉其中带有一股"给自己的死亡强加意义"的酸臭味。

有生就有死。我觉得我们不能给生死额外赋予特别的意义。我已经在事故中死过一次，属于"又捡回一条命"。如果我还在死亡面前表现得手忙脚乱、慌慌张张的，岂不是太可恶了？

通常人们畏惧死亡，一方面是因为对今生还有留恋，另一方面是因为没有人告诉我们死后的世界是怎样的，这种未知很令人不安。

我也常常思索:"人死了会变得怎样呢?"不过,我觉得比起害怕,更多的是一种期待。当然,最终也没有人能以完整的形态详细说明死后究竟是什么样的。死后的世界究竟有什么,是只有绝对的虚无吗?是不是死后就可以进入一个通透的世界?在这个世界里,一切以物理和化学的思维无法理解的东西是不是终于可以理解了呢?想到这里,我激动万分。关于宇宙、关于人类、关于神仙,我们在世的时候完全无法参透的东西,是不是在死亡的一瞬间可以大彻大悟,"啊,原来是这样啊"。总之,像这样去想象一下死亡,去"期待一下死后的世界",仿佛给自己的死亡上了一道保险。

前段时间去世的树木希林曾说过,在面对死亡时感到一种"放弃"的情绪,编剧桥田寿贺子也曾提到过要创造一个"可以自主选择死亡的社会"。也许他们的这些感想跟我的想法很接近。从某种意义上讲,如果我们觉得这辈子想做的事情已经"做了个够",那么最后希望的不就是可以自己来安排一个死亡场所或是死亡时间吗?

从哲学思辨的角度去考虑死亡的意义,是想不明白的。不过，相比之下想明白活着的意义更难。关于"我们是为什么而活着"这个问题，随着年龄的增长，我们会感到越来越难以回答。在我的电影作品中，有的地方也体现了我只是在思考："我应在哪里死去呢？"尤其是在拍《小奏鸣曲》的时候，我真的一直在思考这个问题。

我小的时候生活在东京足立区的贫民窟，那时候生活非常贫困，所以我觉得如果可以吃一顿好的，看一场长屿茂雄的棒球比赛，就可以称为生活了。然而，后来赚了一点小钱，走上了艺人的道路，在电影界获得了一点认同后，我便觉得即便今后拼命去做得更好，"也跟现在没多大差别"。换个说法就是，也许我明白了自己能力的上限，所以不会再有太多期待了。从今往后，我基本不可能突然掌握至今为止不会的东西。相反，我可以对自己的能力所及有可靠的预估。因此，我也不会对今后的人生有什么不切实际的过度期待。

即便如此，我们还是贪恋"生"。这也许是因为我们单纯地畏惧作为绝对存在的"死"，单纯地想逃离罢了。

年轻的时候，对自己有着"天生我材必有用"的期待，因此对人生抱有一定的执着。这些想法也是因为年轻，如果年纪大了还这么想的话，可能就有点恬不知耻的意思了。

懂得了自己能力的界限，可以判断什么能够做到，什么不能做到，人也自然变得沉着、冷静了。当我们接受了"人总是要死的"这一理所应当的事实后，总归能稍微缓解一下面对死亡时的心神不宁。假如真的有"理想的老年"，那么我们压根儿也不会有上述的恐慌与不安了。

恕我不知"葬礼"为何物

关于面对死亡的准备，说到底只能是精神层面上的准备，并不存在一些非做不可的手续。正因如此，我们更不应该到了老年才去慌慌张张地应对，而是应该在年少的时候就把面对死亡的觉悟放在大脑的一隅，然后再慢慢地接近死亡。

经常听到有人问"遗言应该怎么写"。我自然是不准备留什么遗言的，如果非要写的话，我可能会写，我也没有什么要求，只求死后的新闻报道中别给我来一句"以纳迪娅·科马内奇⑨的笑话成名的北野武去世了"就行了（笑）。

对我来说，葬礼和法名都是无所谓的东西，特别是在自己还在世的时候就去策划这些，更是无聊至极。我认为想给世人留下法名之类的想法，只是整理自己心绪的一个步骤而已。对我本人来说，当我即将死去的时候，肯定是不会有花里胡哨的种种要求的。

我唯一想说的是，希望我的葬礼办得气氛热烈，让大家都开开心心的。最好是大家一边说着"这个老不死的终于死了啊"，一边喝酒、唱歌，不亦乐乎。

如果非要给我取个法名，到时候我人已归西，也无法提出抗议了。但这样真的很讨厌啊，所以，拜托大家给我取个少儿不宜的法名吧，比如：

"珍宝院假性包茎居士"

"驹根知院武珍宝大居士"⑩

没有开玩笑，我是很认真地拜托大家的哦。

随着年龄的增长，亲子关系也在发生变化。
有种另类的撒娇叫作"对孩子负责"。

在亲子关系方面日本是落后国

当你老了，孩子一方面是你的依靠，另一方面是你的苦恼。我时常听到许多父母抱怨，说自己不敢死，因为自家孩子到中年还没有一个固定的职业，或者干脆当个"家里蹲"，一门心思在家里啃老。我觉得孩子到了一定的年龄，家长就应该完全放任不管。

演艺圈中有些"星二代风波"，每当我看到涉事星二代的父母出面道歉时，总是莫名有种不舒服的感觉。前段时间，三田佳子的二儿子——已经四十岁了，因吸毒被警方逮捕。同样因吸毒被捕的还有搞笑艺人清水章的儿子清水良太郎，而且这家伙也快三十岁了。就这个名字，我还一度误认为是演员清水健太郎吸毒被捕。

在这些事件中，让我难以理解的是，他们的父母都会出面谢罪："我的孩子给整个社会添麻烦了，十分抱歉。"然而，他们都是成年男子，所犯的罪行跟父母有什么关系？

我已经不知道见过多少次类似的情况了，星二代犯事儿，由老子出面召开新闻发布会，简直已经成为约定俗成的仪式。然而，如果我们静下心来仔细想想，这种发布会是完全没有意义的啊。为什么日本的媒体以及观众那么爱看涉事子女的父母在镜头面前低头谢罪的模样呢？

2017年10月，美国拉斯维加斯发生了一起枪击事件，事件中至少有59人丧生。虽然这起事件反映出美国社会持枪自由的弊端，但我也从中看出了一些"美国比日本先进的地方"。犯人的弟弟出席采访活动时一脸茫然，十分平静地说他完全不知道自己的哥哥加入了什么宗教组织还是什么政治团体。别说是谢罪了，他的脸上连一点抱歉的表情都没有。这种表现在日本是很难想象的。试想这起事件如果发生在日本，犯人的弟弟这么做的话，一定会被各路媒体和网友痛骂"你怎么说得像是事不关己"，或是"你也给我赶紧道歉"，等等。

在美国，"成年人犯法与家人无关"是人们通常的思维定式，完全不存在"一人犯法，全家连坐"。也许从星二代犯法，老子出面道歉一类事来看，日本还不算真正意义上的发达国家。

另外，日本的父母也确实是自身认知层次不够。刚刚所举的演艺圈星二代做错事，父母道歉的例子也是一样，即便他们在新闻发布会上痛哭流涕，也还是没能做到对孩子彻底放手不管。如果父母是真的想对子女彻底放手，哪怕是宣称"断绝亲子关系""取消继承资格""彻底断缘再也不见"之类的也不为过。如果你觉得我这么说太过绝情了，是不是正好可以看透这样一个事实——我们一直以来都对孩子太过溺爱了。

父母不再对成年子女负责，相应地，子女也会"拿你当外人"。作为父母，我们必须有这样的觉悟。不管是我们还是孩子，想在生活压力巨大的时代活出个人样来，互相之间的放手、放任才是更好的选择吧。

爱车如命的我已经不再开车，

总觉得"我还没问题"的老年人，你们真的可以客观地审视自己吗？

如何看待禁止驾驶机动车辆的年龄限制

虽然我奉劝大家去做个"不良老人"，但我绝不推荐大家去做"暴走族老人"。接下来，我将谈谈老年人开车的话题。

老年人的危险驾驶已经成为社会问题。诸如患有阿尔茨海默病的老人在高速公路上逆行、老年人错把油门当刹车撞死行人等新闻屡见不鲜。最近，电视上成天报道着类似的消息。

我之前曾经提出过这样的建议，"过了一定的年龄，驾照的资格审查只接受手动挡驾驶""把汽车的前后保险杠都向外伸出一米左右，一旦保险杠碰到什么东西，汽车的发动机可以自动熄火"。不过，说实话，考虑到一些现实因素，在我们这一辈可能还是无法制定出根本性的解决方案。

即便我曾经开过许多不同的车，也算得上驾驶经验丰富，但我还是决定到了这个岁数坚决不再"手握方向盘"了。需要外出的时候，坚决不坐没有司机的车子。

也是因为这样，我现在不会再买那种驾乘感特别好的运动型轿跑了。最近，我只乘坐劳斯莱斯之类非常适合坐在后座的大型车。这类豪车如果是自己开的话，搞不好还会被当成司机，那也太逊了点儿。

除此之外，我不开车还有一个特别的原因。虽然我也怕自己出交通事故，但实际上还有另外一种情况——我怕我开车会使他人出交通事故。

过去我还自己开车的时候，有一次对面有一辆卡车正朝我驶来。车上的司机认出了我，激动地大叫："啊，是北野武啊！"当时，他只顾着看我，差点撞到旁边了。我见状着急大呼："看路啊，大哥！"那哥们儿听到我的喊叫，好歹稳住了方向盘，才不至于发生交通事故。

如果说刚刚这个只是个极端的例子的话，那么下面要讲的事情可以算是家常便饭了。由于我开的车子是国外原装进口的左舵车[1]，在路口停车等红灯时，很容易与旁边车道上的驾驶员四目相对。通常这种时候，旁边的驾驶员会大叫一声："啊，是北野武！"然后一直盯着我的脸看，完全注意不到红灯已经变成绿灯了，结果导致后面的车狂按喇叭。

前一阵子，原"早安美少女"成员吉泽瞳因酒驾肇事逃逸被捕。根据后来公开的行车记录仪拍摄的画面来看，这是一起很严重的交通事故，很可能造成受害者当场死亡。

吉泽瞳因为这场事故退出了娱乐圈。据说，她后来成为某IT公司老总的妻子。但不管怎么说，单就没有冷静的判断力这一点来看，吉泽瞳不管是作为艺人还是妻子，都只能称得上二流。

老年人开车也是同样的道理，关键在于我们能不能客观地看待自己的年龄限制。我们不能过分地相信自己的实力，因为一旦出事是没有后悔药的。

当然，不可能每一位老人都有自己的司机。即便如此，我们依然可以把车子处理掉后选择出租车或公交车出行。总之，关于出行的方式，我们还是合理地考虑一下比较好。

"宗教不能给人带来幸福"这句话既对也不对。

比起宗教更重要的是"规则"

人在上了年纪之后,也许是为了填补内心的孤寂,有些人开始痴迷于宗教或是自我启发性的讲座。然而,不管你如何虔诚地双手合十还是乐善好施,我认为这一切都不过是自我满足的一种形式罢了。

我经常说,所谓的宗教可以拯救世界就是胡扯。我们承认确实有人被宗教所救赎,但相比之下因宗教而被杀害的人要多得多。当我们看到巴以冲突时,我相信很多人都会觉得"世界上如果没有宗教的话,可能会和平得多吧"。

宗教家们的传教方针很让人怀疑。少数宗教首领往往总是发号施令让信众们继续去"拉人入伙"。与其称他们为宗教家,不如叫他们销售人员,这样才更为贴切。

虽然这都是不言自明的事,但还是有很多人要依靠宗教寻求心理安慰,或许是大家都不太明白"人生目的"的缘故吧。

以足球运动为例,众所周知,这项运动是有很多规则的。比如,不能用手碰球,可以用头接球等。正是因为有了这些规则,这项运动才能成立。但反过来问大家:"为什么必须有这些规则呢?"我想几乎没有人能答得上来。不过,有了明确的规则限制,游戏才变得更加有趣。这是否也能算是解释规则存在的一种原因呢?

没有任何约束完全自由的状态其实是一种煎熬。对于漫长的人生来说,多少像拜神敬佛般去制定一些规则反倒活得更快乐。因此,也许我们可以说宗教就是一种"开心生活的智慧"。但是,制造"规则"并不是宗教团体的专利,类似的规则意识完全可以出现在每个人的日常生活中。

其实,我有时候也会向着佛龛双手合十。我家的佛龛里供奉着我的母亲、父亲、祖母以及其他亲人的牌位。不过,这并不是宗教信仰,而是出于一种习惯。再举个例子,之前我在浅草的时候,很多艺人经过浅草寺时一定会停下脚步向着正殿方向双手合十。不过,无论是我本人还是那些艺人,都不是比其他人对宗教有着更虔诚的信念。

日本人不会去纠结是否有神明、是否有来世，对于无法回答的问题就不回答，也许就是日本人的处世智慧。到了盂兰盆节，我们会去祭拜先祖的灵魂，也会在亲人的忌日前去扫墓，还会在正月初一到神社参加新年参拜。日本人自古以来就是这么生活的，对待宗教不像基督教徒、伊斯兰教徒那样，必须在"信与不信"之间做出选择。

从前，西方人在得知日本的民间传说中有"八百万神明"时，觉得我们还很野蛮、很原始。时至今日，西方人仍然不能理解我们对信仰的态度。日本人既会去神社进行新年参拜，也会庆祝万圣节、圣诞节之类的西方节日，这在西方人眼里简直等同于没有节操。然而，不回答的不争态度正是日本人安身立命的武器。当前正处在互联网时代，全世界众多价值观不断碰撞，彼此之间难免需要各退一步。我想，这时日式不争就显得尤为可贵了。

随着科学的进步，我们已经知道云端之上没有天国，地面之下没有地狱。然而，我们人类本身是脆弱的，无法抱着超然的态度坚强地活下去。

当失去挚爱的亲人的时候，我们必将直面自己的脆弱。我们要如何接受孤寂，如何跨越悲伤？自从我母亲去世后，我便开始向佛龛双手合十，认真地祈祷。我想，祈祷最大的作用就在于此吧。

沉迷于奥姆真理教的精英们

一些疑似邪教的新兴宗教往往不承认日式不争，反而崇尚二元对立的价值观。几年前，以麻原彰晃为首的奥姆真理教十三名核心成员被处以死刑。我们重新来看待这起邪教事件，令人惊讶的是信徒里多是知识分子，比如高学历的研究人员、医生等。

这类邪教之所以会去劝说精英们入教，是因为这群应试教育的赢家最单纯、最好骗。从混社会的角度来说，优等生们未必比得上那些在社会底层摸爬滚打的人。精英群体通常只是掌握了一些应试技巧，却未必有足够的涉世智慧。他们往往在小时候没有跟家附近的不良少年打过交道，没有做过比较辛苦的兼职，也没有干过十分费力的体力劳动。他们保持着与社会残酷面的零接触，直至成年，甚至中年。

虽然世间万事绝不会是"非黑即白"的存在，但是这些在单纯的环境中成长起来的精英很容易倒向"对错分明，非对即错"的二元对立论。也许就像在答题纸上正确作答一样，对错分明的价值观能够使他们感到舒心吧。奥姆真理教的创始人们只是善于以锐利的眼光把他们从人群之中挑选出来并加以引导罢了。

当然，我绝对没有将老年人醉心于宗教一事与这些沉迷于邪教的行为混为一谈。我只是觉得，"去质疑单纯的二元对立论"应该成为"过好老年生活"这一命题的重要着眼点。

作为废除死刑的支持者，我来谈谈我的理由。
不懂生命之重的人，死刑对他们来说毫无意义。

宅间守的死刑是一场失败

既然提到了奥姆真理教，那么我也来谈一点关于死刑的话题，毕竟在思考生命的意义时，死刑是一个绕不过的存在。

之前也稍稍提到过，我在思考人生的时候，生与死的概念总是成对出现的。越是拼命生活的人，在他的眼里，死的分量就越重。相反，对于混沌度日的人来说，死的分量在不断减轻。我们在探讨死刑制度的功过是非时，如果不考虑上述差别的话，就完全无法把话题往下推进。

这次对奥姆真理教的核心成员一并处以死刑，其实也遭到了来自国际社会的指责，他们指责我们的做法是非人道的。虽然我已公开宣称自己是废除死刑的支持者，但是我的初衷与国际社会大相径庭。

我反对死刑的理由刚刚也提到过了，是因为死对不努力生活的人是没有多少分量的。我们来看一下最近社会上的恶性犯罪事件，十分突出的一点是犯罪分子"正是觉得被处死刑也无所谓，才敢放手报复社会、肆意妄为"。

2001年，池田大学附属小学杀人事件中，罪犯宅间守堪称上述想法的代表者。宅间本人也叫嚣着："赶紧将我处以死刑吧！"我认为，在这一事件中，处以死刑就是如他所愿，这种做法就是大错特错。

考虑到人权问题，当今死刑的最大特征就是"尽量免除受刑人的痛苦"。目前，日本实行的是绞首刑，这种死刑方式可以算是为减轻死刑犯的痛苦所做出的最大努力了。

相比之下，几乎所有的自杀方式都伴随着巨大的痛苦。特别是犹犹豫豫地赴死，结果没有死成的，现场的状况简直惨不忍睹。不管是上吊自杀还是跳楼自杀，死前都会饱尝炼狱般的滋味。因此，从某种意义上来说，有些人会产生下述想法也不难理解——"与其自己痛苦地自杀，还不如由国家代劳"。因为跟自杀相比，死刑实在是相对果决的。

思来想去，果然我们还是应该让恶性事件的犯罪分子参加强制劳动。应该让他们无论严寒酷暑，都要从事农业生产、土木建筑等工作，并实现自给自足。除了劳动所得，完全没有额外的食物供应，真正做到不劳动者不得食。罪犯所穿着的衣物也必须自己生产，如果自己不会做衣服的话，到了冬天还赤身裸体也没有人管。我希望这种比死刑更加痛苦的"野外生存式刑罚"会有制度化的一天。

必须有一种活着的方式能够使穷凶极恶的罪犯真正的反省，使他们为自己犯下的罪行赎罪，而这必定是一条比死亡还要艰辛的道路。

我标榜的理想老年是古今亭志生那样的老年，

不愿服软的我也得承认，志生先生的演出境界非我等所能及。

把糊涂和失误都变成艺术

关于"死亡"这个令人棘手的话题开始变得冗长。

面对死亡，即便做好了思想准备，提前做出了很多策划，大限来临时，我们也难免会紧张得瑟瑟发抖。我认为最理想的死法就是猝然离去，死得嘎嘣脆。对我来说，也许在一家普通的小酒馆里喝着廉价的烧酒，吃着一碟菜肴，这时能突然倒下与世长辞便是最理想不过的了。

然而，我也着实还有未了的心愿。那就是自己在演艺方面的成就跟古今亭志生相比还差着一大截。

晚年的志生先生只要在观众面前露脸，即便什么都不做，观众也会觉得"太有意思啦"，从而笑成一团。志生先生曾因脑出血一度倒下，恢复意识后不顾家人和医生的劝阻，即便说话都不利索了，还是坚持登上表演的高座。

在单口相声的名家之中，有许许多多不同的类型。老一辈单口相声表演艺术家桂文乐喜欢控制每个段子的时长，善于把握演出的节奏，场上的一切都在他的计算之中，绝不失控。相反，志生先生属于经常连出场人物的姓名都搞错的类型。有时，实在想不起来角色的名字，他就来上一句"哎呀，反正也不是什么重要的名字"，企图蒙混过关。传说哪怕他喝得酩酊大醉在高座上睡着了，观众们也会觉得"看到了千年不遇的大场面"，从而欣喜异常。

有一天，志生先生在走廊上大便失禁了。来帮他收拾场面的弟子不免怨声载道。这时，志生先生厉声道："如果连这点小事都不愿做的话，怎么能成为一名合格的小老百姓呢？"这个段子不管听几遍，我都会笑出声来，为什么单口相声表演艺术家的弟子非要成为一名小老百姓不可呢?

志生先生是个会把自己的衰老都当成笑料的人。我非常向往他那样的境界，我想，大概有一种艺术境界必须超越了技巧，甚至跨越了自尊后才能获得吧。

当然，如果可以隐退，过上悠然自得的老年生活也是一件美事。不过，我们艺人是一直活在观众的视线中的，所以无论如何还是喜欢在台上、在镜头前的感觉。或许对我来说，这种坚持跟志生先生对高座的执念如出一辙。

我希望能在自己喜欢的场合展示自己的全部，包括一些令人尴尬、羞耻的部分。这种展示也许是艺人的特权，但更像是鱼在水中不得不游，甚至停游必死。在一些认知层次较高的人眼中，我们选择的生存方式可能很愚蠢，然而我却觉得其中甚有可爱之处。即便你不是一名艺人，只要你能感受到其中的可爱之处，那么这点可爱也可以成为你生活中的启发和灵感吧。

注释：

①在日语中，"梅春"的发音与"卖春"一词相同，此处为北野武式黑色幽默。

②岛田洋七：日本著名相声演员、作家。曾与师弟岛田洋八组成相声组合B&B，著有《佐贺的超级阿嬷》《我与北野武》等。

③《海螺小姐》：日本漫画，1946年4月—1974年2月连载于福冈当地报纸《福冈日报》，动画版自1969年10月播放至今，是日本收视率居高不下的人气动漫。

④大久保清：因强奸、杀人而被处以绞刑。

⑤阿川佐和子：日本知名配音演员、主持人。

⑥2016年10月26日，法国政府授予北野武"四等法国荣誉军团勋章"，以表彰其长年在文艺和电影方面所做出的贡献。该勋章是法国政府颁授的最高荣誉骑士团勋章。此外，北野武曾被授予过法国艺术文化勋章等多枚勋章。

⑦旭日章设立于1875年，主要颁发给对国家和公众有杰出贡献、功绩卓著的人。分为勋一旭日大绶章，勋二旭日重光章，勋三旭日中绶章，勋四旭日小绶章，勋五双光旭日章，勋六单光旭日章，勋七旭日青色桐叶章，勋八白色桐叶章。2003年起，此章取消了勋七和勋八两个勋位。

⑧日本政府对非物质文化遗产（如戏剧、音乐、工艺技术等）以及各类民俗文化十分注重保护，每年由国家认定的"人间国宝"备受珍重。"人间国宝"这一称号通常授予在艺能表演领域、工艺美术领域具有突出贡献的人。

⑨纳迪娅·科马内奇：罗马尼亚著名的体操运动员。北野武只是觉得她的名字用日语念出来很有意思，于是自己加上了动作，意指体操高叉裤。由于滑稽可笑，科马内奇的哏在20世纪80年代的日本爆红，并且成为北野武的知名作。

⑩根据日本传统，有去世后取法名的习俗，通常以"××院××居士"来命名。此处是北野武用谐音搞笑，日语原文发音可以理解为"男根院假性包皮居士""科马内奇院男根大居士"。

⑪日本是车辆靠左行驶的国家，因此本国生产的，销往境内的汽车均为右舵车。

第二章 老友之死，令人感怀

松方弘树是永远的大腕，

令人怀念的关于"酒、女人和金钱"的回忆。

在电视台的休息室里听到的讣告

就在这一两年间，有许多跟我关系甚密的老友相继去世。虽然在 *NEWS CASTER* 这个节目上以及一些新闻发布会上，我也发表过一些关于缅怀老友的感想，但那仅仅是冰山一角，我想说的还有很多。既然本书的主题就是围绕着老与死的，在这里，我想把许多关于已故老友的回忆娓娓道来。

2017 年 1 月 23 日周一的傍晚，我刚刚完成了《全景看世界！TV 特搜部》(日本电视台) 的录制，正在休息室里接受《周刊 post》的采访。这时，我的助理小安突然跑过来跟我说："松方弘树先生去世了。"

我的脑袋一片空白。听到这个震惊娱乐圈的消息，想完全接受，还需要一段时间。

我不由得沉吟："我们还一起在这里录制过《令人精神振奋的节目！！》呢。"

和那天一样,当时我们也是在日本电视台麹町的G影棚录制的。我在喃喃低语的同时,脑海中关于松方弘树的记忆在不断苏醒。

出乎我的意料,他竟然还挺搞笑

我们在初期策划《令人精神振奋的节目!!》时,曾经跟松方碰过面。当时,我们在考虑请谁来做嘉宾,节目制作方IVS公司的导演伊藤推荐道:"松方是不是还不错?要不要考虑一下?"

那时,正是松方参演《无仁义之战》等黑道题材的电影后大红大紫的时期,我对他的印象也停留在黑道大哥的层面。因此,对于邀请松方来当嘉宾一事,我是很迟疑的:"真的没问题吗?不会太奇怪了吧?我们是个娱乐节目啊,这家伙怎么看也不太搞笑吧?"

伊藤劝我去见见松方本人再说,于是我们便约在四谷的某家寿司店吃个饭。当我与伊藤还有另外一个日本电视台的工作人员走进那家餐厅时,松方已经在那里等我们了。他确实带着一股黑道大哥的气场,用令人生畏的眼神向我们这边瞅了一眼。

结果,"完了,这个人肯定不合适"的念头只存在于开始的一瞬间,随着大家不断推杯换盏,我明白了这家伙其实相当"哇咔咔"。"哇咔咔"一词原意是形容放声大笑,是我们搞笑界的专用名词。松方的笑声很有特色,他笑起来会发出类似"咿嘿嘿嘿"的声音。"这就足够令人上头啦。"我想。于是,我当场向他抛出橄榄枝:"能来做我们的常驻嘉宾吗?每周都得来录制一次,咋样?"然后,松方微笑着比了一个"OK"的手势。

结账支付 2000 万日元

松方的家住在京都,我想他每周为了录制节目都要跑来东京一趟,实在是很辛苦,没想到他竟然陪我们做《令人精神振奋的节目!!》坚持了十多年。

在这十几年间,我们经常在一起玩,玩着玩着就玩疯了。关于好酒,关于美女,松方令我大开眼界。

《令人精神振奋的节目!!》在每周日的晚上播出,但录制却是在每周一。

那时，周一的晚上在麹町的日本电视台完成拍摄工作后，我们会立马跑到川崎的堀之内去。松方会请大家去享受一下泡泡浴。爽过之后，我们会去周围的夜店喝酒，喝得酩酊大醉再耍耍酒疯，然后才各回各家。这个模式几乎成为每周一的惯例。

现在回想起来，那真是昭和时代经济繁荣期最好的消遣了。而且，松方这家伙大方得很，经常一掷千金，十分豪横。他曾经带我们去京都一家超高级的牛排店，结果五个人竟消费了2000万日元，我着实目瞪口呆。

就算是很高档的料理，五个人单纯地去吃饭，再怎么花也不会超过100万日元。结果，松方这家伙点了产自法国罗曼尼·康帝的超高级红酒，并且还是陈酿。这一瓶就要上百万日元的红酒，我们一下喝掉近10瓶。结账的时候，松方一个人包圆儿了，并且还不是刷卡，是现金支付。我记不清当时的具体情况了，现在想来也甚是好奇，那么多的现金，他是怎么放到钱包里随身携带的？

那个年代，日本的经济十分景气，而且我们的节目口碑极佳，甚至在很多旅游景点都有专卖我们节目周边纪念品的小店，叫作"令人振奋的house"。听说这些小店有的日销售额能达到1500万日元。松方的朋友就有经营这类小店的，听说他也因此赚了不少钱。

当时，在"令人振奋的house"售卖的运动服，由于卖得太火，社会上一度出现了很多高仿产品。而且，关于辨别真伪的方法，实在令人捧腹。洗过之后不掉色的是假冒货，洗过之后褪色变白的才是正品。正品比仿制品质量烂得多，完全可以成为一个搞笑素材。

太秦的"大哥"

话题再回到松方这儿。松方爱请客，并不是只请节目的出演嘉宾，也会请一般的工作人员。我们的节目组会在每年的春季和秋季各举行一次全员派对。在派对上，松方会给在场的每一位都派发红包。虽然他也会给我一份，但我肯定是不能收的。最后，多出来的红包会以猜拳的方式再次分给大家。那个时候，真是人人富足的好时代啊。

后来，我因为要拍电影，去了一趟松方所在的京都太秦摄影工作室。

因为松方对自己人很大方，所以在这里，人人都很喜欢他，叫他一声"大哥"。由于到了"大哥"的地盘，我在这里受到的待遇自然与别处截然不同，可以说是受到了贵宾般的优待。

到了"太秦"后，我按照惯例深鞠一躬："请大家多多关照。"这时，工作人员马上回应道："啊，我们大哥交代过了，一定要好好照顾您哪。"说着就把我带到了整个摄影工作室尽头的一间贵宾室。

这间贵宾室的旁边并排着鹤田浩二和高仓健的专用休息室，我能有幸得如此优待，全靠松方的面子。

即便在《令人精神振奋的节目！！》停播以后，松方依然在很多方面对我照顾有加。比如，我有时候在电视台的休息室里会突然收到一大盒金枪鱼生鱼片。工作人员告诉我："这是松方先生自己钓上来的。"松方钓鱼技术了得，我也因此能大快朵颐。

松方比我大四岁，对我来说完全就是兄长一般的存在。

"他走得太早了啊。"我想。也许他晚年也曾与病魔做了一番斗争，但毕竟是生活在日本黄金时代的人啊，本应有更长寿的福分吧。

松方家的老爷子叫近卫十四郎，是一位有名的时代剧演员。所以，松方是含着金汤匙出生的，从小就过着十分优渥的生活。他住在京都的一个豪宅里，家里养着许多价值不菲的锦鲤。自己既出演时代剧、黑道题材的电影，也参与娱乐节目的录制，是一个相当有人气的演员。他的私生活十分精彩，身边美女如云。有一次，他去找一个小姐姐，结果当时力道山①也在。由于他来得突然，力道山慌不择路，只能躲起来。这件事情一度被传为笑谈。

松方的一生辉煌却短暂，实在是很像他的风格。从家谱上看，松方与胜新太郎、万屋锦之介还是同一宗族的。如今，昭和时代早已过去，平成时代也已终结，像松方这样破天荒的豪放、磊落，并且颜值与演技并存的演员，恐怕是前无古人，后无来者了。

金钱是身外之物，是无法带去天国的，但松方的传奇经历会久久地留在我们心中。如此想来，松方挥金如土的花钱方式，虽有挥霍、浪费之嫌，但也出乎意料地给他的人生增添了一抹色彩、一分洒脱。

大杉涟去世时，我流泪了，也许是因为萌生了"向死而生"的意识。

我的视线为何停留

大杉涟也去世了。从《小奏鸣曲》以来，他一直出现在我的电影里。大杉涟死于急性心律不齐，享年六十六岁，实在是走得有点早啊。

大杉涟的死是令人悲痛难忍的。大家听到涟的讣告时，都问了我一个问题：当初《小奏鸣曲》选角面试时，在众多的演员之中，我为何挑中了他？于是，我回想了一下当时的场景，老实说连我自己也不知道为什么了。

选角的当天，涟迟到了两小时，就在我们马上要收工走人的时候，我才第一次见到他。

这种迟到的家伙，要是放在平时，我肯定理都不理，一票否决，然而当我看到他的一瞬间，马上觉得："就是他了！"

为什么有这种感觉，我没法解释清楚，大概涟的脸就给人这样的感觉吧。

他既不是很有男人味，也不是非常野性。一般来说，演员也好，艺人也罢，凡是在演艺圈混得不错的人，都有一张惹人注目的面孔。这就像是某种不成文的规定，只可意会不可言传。而我看到涟的时候，直觉告诉我："这个男人有点东西。"

拍《小奏鸣曲》的时候，我一开始给涟安排的角色是一个在黑道组织中打电话催收高利贷的小喽啰。同样是演小喽啰，他试镜后，我发现他比其他人演得好很多，在演技方面完全高出其他人一大截。于是，我当场决定改变原计划，让他出演重要的角色。最后，他果然不负众望，出色的演技受到大众认可，成为一名成功的演员。现在想来，我们能够相遇完全是奇妙的缘分。当时，很多人夸我挑选演员独具慧眼，其实我才没有那么大的本事，只是跟着感觉走罢了。

在演艺事业的最高潮猝然而逝

所谓的"缘"真的妙不可言,有时候很难用语言去形容,就像是命运冥冥之中有所安排一样。在涟的遗作《边缘·完结篇》中,我"杀死"了他。最初为他打开电影世界大门的是我,最终把他"杀死"的也是我——如此想来,总感觉有种复杂的情绪笼上心头。

我这么说可能有点容易招来非议,但是你们不觉得涟走得正是时候吗?他的离开确实让我非常难过,但我真的也有一丝"羡慕"。

不管我有多么步履蹒跚,也不管我有多么老态龙钟,只要还能接到通告,我就坚决不退出娱乐圈,这是我早已决定好的事情。但是,我也经常因无法把握自己的死期而感到焦虑。而关于这一点,涟是在他事业最辉煌的时刻猝然而逝的,这种离开方式使他永远以最好的样子活在人们的心中,这种死法正是我最向往的。虽然我时常哀叹他的离去,但在我心中,"时间把握得太好了"的想法更为强烈。"生之喜悦"的背后是"死之凄凉"——每当我想起大杉涟的死,总是忍不住感慨万端。

我在明治大学的同级生星野仙一，
是个风光无限的职业棒球选手。

"喂，小武！"

大杉涟和我一样毕业于明治大学。提起明治大学，还有一个知名校友的死令我十分感伤。星野仙一，享年七十岁，死于胰腺癌。他曾经作为俱乐部教练先后带领三支棒球队取得职业联赛的冠军，从而登上了棒球荣誉殿堂。我至今还记得就在他获此殊荣不久，媒体上便登出了他去世的讣告。在星野仙一去世半年前，我们还一起录制了一个谈话类节目，叫作《我们的时代》（富士电视台）。那时，完全看不出他有任何病态，所以我实在是无法想象好端端的一个人怎么说没就没了。

星野在很长一段时间都认为我是他的学弟，因此总是喊我："喂，小武！"而我因为自己生日的月份比较靠前，也总是觉得星野是比自己低一届的学弟。结果熟悉了之后才知道，我们不但是同级生，连生日也靠得很近，只相差四天。

当他知道我们俩是同级生后，赶紧向我道歉："抱歉啊，北野。"明治大学的毕业生，尤其是体育系的学生是非常重视学长、学弟的上下级关系的。

我在大学时代就不是个中规中矩的学生，规则意识比较淡薄。但是在棒球部，学长的命令必须无条件服从，不管是多么无礼的要求都必须忍耐到底。即便是像星野这样闪闪发光的棒球新星，每天也要听命于学长的指使，当个跑腿小弟，替学长买烟什么的都是家常便饭。那时不像现在，到处都有二十四小时营业的便利店或是自动贩卖机，所以经常需要半夜专门打个车跑去繁华的商业区买烟。也算是因祸得福吧，星野在处理人情世故方面变得十分练达。他会记下每个学长喜欢哪个牌子的香烟，然后提前买来预备着。从这一点来看，星野的确是个聪明人。

"铁拳制裁"的起源

提起星野仙一，人们最先想到的一定是"马背上的将领""铁拳制裁"。星野的指导风格一定是继承了明治大学棒球部的魔鬼教练岛冈吉郎（已故）的风格。他总是尊称岛冈教练为"老爷子"。

据说某一天，打进了比赛的星野被岛冈教练叫到操场上，一整晚都跪坐在投手土台上听训。当时，他累极了，听着听着就迷迷糊糊地睡着了。结果一觉睡到天亮后，发现岛冈教练依然坐在本垒的台子上。当他看到教练愿意与队员同甘共苦时，便认定"岛冈教练是自己一生不能违背的人"。

正是因为学到了岛冈教练的指导精髓，所以即便星野对选手们要求极其严格，也依然受到了他们的爱戴。一方面，星野确实在训练中对选手们严格要求；另一方面，他还会不计前嫌地继续使用曾经有过失误的选手，也有善解人意的铁汉柔情。

我还是很了解星野的，他这个人并不古板，其实还挺爱玩的。他毕竟生在一个职业棒球选手风光无限的好时代啊。

现在的年轻人都不太爱玩，总是一味地认真工作，社会上也有许多抱怨他们的声音："好孩子当得太过头了，一点做人的趣味也没有。"不仅是对年轻人，我对现在的教练也颇有怨言："为什么选手们犯了错，教练也不去厉声训斥他们呢？"

如今，不管是媒体界还是教育界，都喊着要破除强权干涉，恐怕将来很难出现第二个像星野一样的硬派教练了。

我跟衣笠祥雄也是同级生

说起跟我同级的职业棒球选手，我又想到了广岛鲤鱼队的衣笠祥雄，如今也是故人了。他被称作"铁人"，是职业棒球比赛连续出场纪录保持者，曾经获得过国民荣誉奖，是一个无须过多介绍的名人。

因为我跟衣笠同年同月同日生，所以害得他经常在电视节目里被大家调侃。比如，"北野武被衣笠叫到家里做客，开门的一瞬间发现衣笠正一手拖着铁棒，一手拿着香蕉，吃得津津有味"等。此外，他本人每次被问到"你跟石松葛兹是同一种族的（暗指两个人都是大猩猩），那么你们俩关系一定很好吧"时，一定会表现得很生气，颇有喜剧效果。由于衣笠被调侃多了，到最后大家谈到由他保持的连续出场纪录时夸赞一句"太厉害了,简直是非人的才华",他也会生起气来。

代表着某个时代的"面孔"不在了,是会令人心痛的吧。

樱桃子的功绩不在于推进了PTA②的实施,而在于把自嘲推广到少儿群体。

与我相似的幽默感

又是一个与我挺投缘的人。漫画家樱桃子,因乳腺癌病故,享年五十三岁。我一直不知道她竟然与病魔搏斗了近十年。大杉涟去世的时候,我也是同样的心情。总之,比自己年轻的朋友去世时,难免会有白发人送黑发人的伤感。

樱桃子从很久以前就是我的粉丝,不管是我的电视节目还是电台广播,她都很喜欢。听说她对我还有过追星行为呢。现在想来,她的确是经常到《All Night 日本》节目的录影棚来玩。而且，当时她已经是个人气漫画家了。由于她的个子实在是太小了，我总是开玩笑道："喂，有小孩子混进来了！"我们的关系就是这么好，经得起嘲讽式的玩笑。

由于我们很要好，我还在动画《樱桃小丸子》里登场过。我们私下里也有许多交流，我家的墙上挂着一幅樱桃子的大作。我也去过她家拜访，还有幸见到了小丸子的爸爸——那个在漫画中鼎鼎大名的宏志。

令我惊讶的是，樱桃子的儿子竟然不知道自己的妈妈就是"樱桃小丸子"。或许当孩子知道自己是名人的孩子后，会莫名感到骄傲，同时会莫名感到压力吧。我猜她应该不希望儿子受到自己名气的影响，十分珍惜普普通通的亲子时光吧。

回想起我跟樱桃子的聊天，我记得最清楚的就是她讲起自己爷爷去世的事情。桃子爷爷去世时是大张着嘴的，为了保持入殓时的仪表，家人们用一条类似头巾的东西系在了爷爷的头上。原本最好是用一条漂白过的白布来做头巾的，但实在是找不到白布，最后只好用一条印着"节庆"二字的红色手巾来代替。

樱桃子在讲述的时候说："当时，我爷爷的样子挺像滑稽舞剧《捉泥鳅》中捉泥鳅的人。我现在一想起来，总觉得爷爷还在那里扭来扭去地跳着，想笑又不能笑，简直要憋出内伤。"

她的这种自嘲精神，也许在艺人中很常见，可是对于一位普通女性来说是很难得的。人们往往很难用他者的眼光来看待自己身边的事情，并且淡定地表达出来。我觉得她的自嘲或者说是黑色幽默，倒是跟我有几分相似。

话说回来，对取笑的对象产生感情，这种事情的确有可能发生。而且，即便存在较大的年龄差距，也不妨碍我们情投意合。

与"小丸子"相同的说话方式

《樱桃小丸子》的作品风格与作者本人风格十分一致。这部作品乍看觉得是给小朋友看的，实际上很多地方都带有深刻的讽刺意味。小丸子也不是一个完全单纯的小孩子，而是一个可以从侧面看待事物甚至剖析事物内在的小机灵鬼。所以，这部作品就很有趣了，小孩子可以看热闹，成年人可以看内涵。

近几年来，女艺人中屡屡出现善于自嘲的。我在想，她们是不是曾经受到过樱桃子的影响呢？如果能把自嘲精神传播给孩子们的话，那就可以说是相当有教育价值了。能将搞笑、乐观以大家喜闻乐见的方式传播开来，真的是太厉害了。

《樱桃小丸子》与《海螺姑娘》可以并称日本平成时代的"动画双雄"。我希望《樱桃小丸子》还能继续画下去，可惜只剩遗憾了。

我突然想起来，配音演员Tarako给小丸子配音时的声音和说话方式，简直就是樱桃子本人。不知道Tarako在配音之前是不是提前做足了功课呢。总之，她把樱桃子的声音模仿得惟妙惟肖。

每当我看到电视上的小丸子，听到她亲切的话语，总觉得樱桃子依然活在我们身边。

树木希林太会把握演戏的留白了,令与其搭戏的演员感到恐慌。

工作到去世前一刻

树木希林,虽然谈不上跟她很熟,但她给我留下了深刻的印象。

希林被查出患有癌症,并且癌细胞已经全身扩散。然而,医生确诊后,在很长的一段时间里,希林还在坚持工作,所以周围的人都没有感觉到她是个病人。最后,直到去世的前夕,希林仍然在接演一些作品。是枝裕和导演的《小偷家族》,在戛纳电影节上曾荣获金棕榈奖。在这部影片中,希林也出演了一个重要的角色。

就在希林去世前不久,电视上播出了综艺节目 *The No fiction*(富士电视台),正好是采访他的先生内田裕也那一期。在节目里,我稍微露了一下脸,希林也作为解说嘉宾参与了录制。可以说希林就是我向往的"工作到去世前一刻"的代言人。

用一句话来形容树木希林,那就是"一个演技高超的演员"。她用独特的留白和气质，在她所参演的作品中拥有了属于她的一席之地。在全日本，像她这样独具存在感的演员的确为数不多。

我与树木希林一同出演过很多影视作品。在《松本清张：点与线》（朝日电视台）中，她饰演了我妻子的姐姐。在《金钱战争》（富士电视台）中，她饰演了我的母亲。其实，我们的年龄只相差四岁。从这一点来说，她的演技真的十分精湛。

我一直认为电影是留白的艺术，不管是作品中的留白还是演员之间的留白，都很重要。

希林是留白艺术的高手。与她演对手戏的演员不管演得再怎么激情澎湃，甚至企图盖过她的台词，但她总是以不变应万变。有时干脆不说台词，整个留白全靠演技支撑。她是一个可以击溃对方的演技，把对方带入自己节奏中的优秀演员。

弄哭演对手戏的演员

像希林这样优秀的演员，会令与她演对手戏的人感到恐慌。如果与她出现在同一个镜头里，她会吸引大多观众的目光。观众会对镜头里的另一个人印象不深，甚至完全不记得另一个人是谁演的。

希林与桥爪功是同一年加入文学座③的。她从十几岁就开始在话剧团里摸爬滚打、长年累月地磨炼，的确可以帮助她掌握高超的表演技巧，但我认为频繁地参演电视剧对她演技的影响更为深远。说起电视剧，希林曾经参演过《时间到了》《寺内贯太郎一家》等喜剧，我觉得这些经验都打磨着她的演技。她在出演《寺内贯太郎一家》时只有三十岁出头，却演了一个上了年纪的老母亲。也许希林是在扮演家庭情景喜剧中特有的丑角时，消化了一些独特的技巧，并掌握了控制留白的能力吧。

希林真的是一个性情奔放的人。在某次宴会上，希林在寒暄的时候暴露了著名制片人久世光彦的婚外情，而久世光彦正是她出道作品的制片人。虽说她是个意志坚强、心态自由、不喜阿谀奉承的人，但也确实不太好相处。

虽然我们一起演过影视作品，但我没有邀请过她来演我的电影。

作为电影导演，我作品的风格是干脆利落的，希林的独特留白可能会在我的作品中显得多余。不过，或许我可以拍一部电影，让树木希林来做主演。这是个很有趣的想法，说不定我拍的这部电影还能成为她的代表作呢。我想让希林在我的作品中展现出不同的感觉，不同于她在是枝裕和的作品《小偷家族》中演绎出来的一面。然而遗憾的是，希林已驾鹤西去，我再也没有与她合作的机会了。

希林去世后，我最担心的就是内田裕也。他与我也颇有缘分，前段时间，我在一个节目上看到内田坐着轮椅在唱 *Syekina baby*。他的身体状况应该也是相当糟糕了。虽然妻子的去世使内田备受打击，但我还是希望他不要太过消沉，希望他还能摇滚出新高度。

西城秀树、维达也相继去世，
昭和、平成的脚步渐行渐远。

在另一个世界的新三大天王

还有很多曾经为一个时代留下浓墨重彩的一笔的人物也相继去世了。先说说曾与希林一起出演过《寺内贯太郎一家》的昭和时代的大腕西城秀树（享年六十三岁）。他在十五年前曾经患过脑梗死，之后受此影响耳朵失聪了。不过，他还想继续活跃在舞台上，于是拼命地接受康复训练。

西城秀树是出了名的喜欢桑拿。我也喜欢桑拿，而且经常去蒸。不过我有点高血压，心脏功能也不属于特别强的，为了我的健康考虑，我还是得小心一点，不可掉以轻心。

很久以前，我在浅草的法兰西座当电梯门童的时候，正是西城秀树、乡裕美、野口五郎他们"新三大天王"当红之时。我当时还什么都不是，连明天会在哪里都不知道。即便后来搞了一个相声组合，也是做得不好，完全没有起色。

到了20世纪80年代,相声开始流行,我也开始在电视上表演,并且赚了很多钱。即便如此,我还是跟三大天王完全不在同一个世界里。

在那个年代,偶像歌手跟相声演员是有天壤之别的。像我们这样的相声演员,连跟天王们搭话的机会都没有。不仅如此,当时如果邀请偶像歌手来参加我们的娱乐节目,有的歌手甚至会大怒:"我怎么可能参加这么低俗的破节目!"偶尔有歌手或是演员来参加娱乐节目,他们都会被说成自甘堕落。

我曾预言SMAP将要击溃整个综艺界

到了20世纪90年代,演艺圈的状况才开始发生变化。可以说SMAP进军综艺圈是造成这种改变的一个重大诱因。

SMAP的成员当时还都是十几岁的少年,他们作为嘉宾参与了我的节目*Super Jockey*(日本电视台)。他们在节目里泡热水澡什么的,做了很多偶像歌手从来没做过的事情，一下子把歌手参加综艺的接受度拓宽了不少。

我当时曾经说过："如果杰尼斯（事务所）④的偶像们认真进军综艺界的话，我们这些艺人将要没饭吃了。"没想到我的预言竟然成真了，从那以后，人气综艺 *SMAP×SMAP*（富士电视台）中 SMAP 的成员们也开始演一些滑稽短剧。对于当时的演艺圈来说，偶像歌手扮丑搞笑还是很令人感到意外的。

现在，歌手去当综艺节目的主持人，甚至去当新闻播报员，大家都觉得习以为常。关杰尼∞的成员村上信五与我一起主持富士电视台的《27小时TV》，我觉得他的幽默感很好，也很有娱乐精神。

不仅如此，有一些像我一样的搞笑艺人甚至开始主持新闻节目。目前的电视节目，变成了不管是艺人、歌手还是演员，统统不拘一格"抢板凳"的游戏。

不过，这种趋势导致观众对明星们不再有角色的反差感，我们这些节目制作人难以再凭借请个大腕当嘉宾，或是给明星设定一个全新的角色这样的手段来吸引观众了。

电视节目也迎来了革命

最后，评判电视节目好与坏的标准，完全落在了是否有足够的新鲜感上。不管是用一些荒诞的表演也好，还是一些有震撼力的外观设计来博人眼球也罢，只要是节目做得足够独特，就一定会炙手可热，收视率也会随之上升。相反，不管节目的制作技术有多么精良，内容有多么讲究，只要让观众觉得"嗯，这个节目好像在哪里看到过啊"，节目的热度就一定会锐减。

结果，电视上所有类型的节目都衍生出了很多山寨版，许多节目都存在换汤不换药的情况。因此，电视节目变得越来越无聊也是预料之中的事。

我在20世纪八九十年代，做过很多电视节目。比如，《令人精神振奋的节目！！》《风云！北野武之城》《Sports健将》《平成教育委员会》。最近新出的一些综艺节目，是不是几乎都可以归到这四大类节目的谱系之中呢？除了这四大类节目，也就只剩问答类节目和电视剧经典桥段再现类的节目了。

果然，如果不能做出一些令人耳目一新的节目类型的话，电视台的收视率一定会每况愈下。虽然近来我也经常想去做一些新东西，但现在的电视传媒有太多的限制性规定，实在是奈掣肘何。

现在，网络电视和智能手机里有大量的亚马逊或是Netflix（网飞）等运营商原创的网剧和综艺节目。有着诸多限制的普通电视节目和限制较少的网络节目同台竞技，在新鲜感、吸引力方面，传统的电视节目将毫无竞争力。目前，我已深刻地感受到了这种趋势。

当前的电视节目是会走向穷途末路，还是增加一些新的元素使其得以幸存，最终仍取决于电视台领导层的判断，但这种选择的不确定性倒是令人感到兴奋的。电视节目相较于网络节目的确算是"老人"了，我认为电视节目也应该力争去做一名无视规矩的"不良老人"。

今后，艺人们将面临巨大的挑战。我们进入了一个无论是谁都会被取代的时代。昙花一现的明星会越来越多，"一现"的时长也会越来越短，以后像成宫宽贵、小出惠介这类年轻演员退出娱乐圈也不会成为什么大新闻了。

TOKIO的成员山口达也性骚扰未成年人的丑闻只持

续了一个月左右就没有人再提起了。在20世纪90年代占尽风头的SMAP，也就只在传出组合将要解散时一度成为媒体的焦点，而到了组合真的解散后，也是难免落得默默淡出观众视野的下场。

娱乐圈今后恐怕再难出现像20世纪70年代的西城秀树、山口百惠那样真正意义上的天王巨星了。曾经每到晚上，全家老小都会围坐在电视机前收看同一个节目。那时候，电视上的明星是会受到全家人喜爱的。而如今，家人之间的亲情已变得淡薄，即便聚在一起也是每个人都低头看着自己的手机屏幕。

也是，全民狂热地围坐在电视机前的时代已经过去了。

北野武职业摔角军团逸事

现在也许完全无法想象，从前职业摔角比赛也是会在电视上现场直播的。说到这里，我突然想起来职业摔角选手Big Van Vader也是六十三岁时去世的，与西城秀树享年相同。Vader曾经加入了我组织的"北野武职业摔角军团",在新日本职业摔角比赛的赛场上登台。

Vader 是我送给安东尼奥·猪木的"刺客"(笑)。他出场的瞬间就以压倒性的优势击败猪木夺冠,场面实在是非常震撼。原本的赛事安排是猪木对战长州力,这场比赛使期待观看猪木获胜的粉丝发出嘘声一片。现在回想起来,那是我人生中遭遇过的最大规模的喝倒彩了。

从那之后,Vader 也成了一名人气选手,但这里面还有一些小插曲。由于 Vader 去世很久了,这些小插曲应该也过了保密时效了吧。

其实,让 Vader 以"北野武职业摔角军团"的名义登场,本是安东尼奥·猪木和东京 Sports 公司事先安排好的。他们把 Vader 带到了我这里,然后拜托道:"整个故事就是这样的。"单从字面上来看,整个事情有种商业运作之嫌,不过现在回想起来还真是一段令人怀念的经历啊。

曾经轰动一时甚至创造历史的人物相继去世了。平成时代也即将终结,我不禁感到一丝苍凉。不过与其在一个走下坡路的时代里苦苦挣扎,不如去融入一个更好的新时代。我觉得果敢而决绝地对过去说"拜拜"才是更潇洒的做法。

注释：

①力道山：原名金信洛，日本籍朝鲜裔著名摔跤手、日本摔跤的一代宗师。

② PTA（Parent Teacher Association）：俗称"家长会"，是一个非政府的保护青少年的组织，在全日本的影响力都比较大，目的是保障学生的身心健康和人身安全。

③文学座：日本知名话剧团体，重视戏剧的艺术性和文学性，奉行艺术至上主义。

④杰尼斯事务所（Johnnys事务所）：日本一家著名艺人经纪公司，以推广男艺人及男性偶像团体为主要业务。

第三章

日本社会的老龄化

电视节目和杂志都出现了老化现象。
《新潮45》的休刊代表着当前媒体的庸俗化。

所谓的老化就是刻板化

我们在前面的章节讨论了许多关于衰老与死亡等非常个人化的话题。不过，这些话题不应仅限于个人层面，还应该上升到国家层面。

这不仅是因为在整个社会，我们这个年龄段的老年人占比已经达到了最高，而且我也的的确确感觉到我们的国家正在慢慢"老去"。不管股价如何上涨，也不管随之而来的经济状况如何向好，我们还是难以感受到整个社会的活力。今后随着少子化、老龄化的加剧，国家经济的触底反弹会彻底成为痴人说梦。

然而更糟糕的是，在许多领域都出现了"未来不可期"等消极懈怠的苗头。几乎所有的社会领域、所有的行业都出现了老化现象。

或许其中最具代表性的要数我所在的影视业。"媒体也是有其寿命的。"——最近，我越来越能够体会到这句话中所包含的深意了。我曾经在《不能在电视上说的话》一书中写过电视台的一些奇葩规定。此外，最近数字电视行业又出台了很多要命的限制。不要说是在电视上讨论政治话题了，连播出一些荤段子、谐音梗都会被严厉警告。目前的电视节目不仅在语言和文字方面受到严格的约束，连一些新想法、新企划都会被提醒"需要更加顺应社会主流"。因此，很多节目就被扼杀在了萌芽阶段。另外，节目的预算经费也被卡得非常紧，所以新的创意、新的点子变得越来越难以实现了。

在层层高压之下，还有极少数节目保持着较高的收视率，比如日本电视台制作的《笑点》。对此，我的心情很沉重，因为这个因循守旧的节目保持着较高的人气，所以制作方会产生"与其费心创作新的节目，还不如多做一些面向中老年观众的老节目"的想法。于是，媒体开始变得缺乏新意，甚至丧失了对外界变化的敏锐"嗅觉"，逐渐变得老迈不堪。

如今的电视制作人全都陷入了固定格式之中，早间节目一定是天气预报，而且气象播报员必定是女大学生或者年轻的女主播，傍晚时分的节目一定是美食类节目和艺人们的花边新闻。不管换成哪个频道，在节目的安排上都没有太大的变化。这就是电视传媒界的现状。

政治家才是没有生产力的群体

把电视传媒变成"话题孵化厂"的是报刊。最近比较热门的明星婚外恋、体育界的兴奋剂丑闻等都是由报刊爆出的独家新闻。从这一点来看，报刊是比电视更能负担得起传媒使命的。然而，前段时间《新潮45》杂志的休刊着实令我大吃一惊。

《新潮45》起先是因为刊登了自民党的女性议员杉田水脉关于LGBT（性少数群体）的发言，而受到社会各界的批判。杉田在文章中指出，"LGBT群体是不具有生产力的"。之后，《新潮45》又以"杉田水脉的文章就这么奇怪吗"为题，做了一期反击各界批判的专题。结果，这期专题因为涉嫌发表歧视性言论反而招来更强烈的批判。此后，新潮社的社长对于这两次组稿企划发表言论，声称："这两篇报道一看就带有太多违背常识的偏见以及一些认识不足的表达。"然而，社长的发言并未能平息来自四面八方的批评。最后,《新潮45》只好以休刊收场。

关于这次休刊事件,我想说的有很多。

我在想,关于"没有生产力"的发言是出自谁之口。政治家群体才是最没有生产力的吧?他们"吸吮"着国民上缴的税款,拿着高高的工资和补助金,却没有做出什么像样的工作。他们中有多少人从不对国会的决策提出异议,从不推进议会立法,甚至连议案也不写?虽然我搞不清楚杉田水脉议员平时到底做了多少工作,但她真的敢挺直腰杆说出"我的工作是可以推动日本发展的"吗?

杉田水脉不知道她的发言会像回旋镖一样打回自己身上。这些政治家甚至都没搞明白社会各界是怎么看待他们的,就急于批判起所谓的性少数派了,这种做法实在是愚蠢至极。

新潮社平时是以评论尖锐著称的,给人一种新闻工作者就应该敢说真话的印象。虽然我也不赞成他们刊登的杉田的论调,但是新潮社对社会各界的评判采取了反击态度,并且敢于对自己进行彻底的理论武装,坚决与批判之声斗争到底,他们的精神是值得肯定的。可是,当形势出现不利时就立马关门大吉，这算怎么回事呢？你们的新闻工作者精神去哪儿呢？最后，新潮社做出了一个令人咂舌的决定："这本杂志我们不卖就完事了。"这种草草了事的处理方式未免也太无谋了。我猜新潮社做出休刊的决定，是因为他们认为如果事态继续扩大的话，这本杂志恐怕也要没人买了，不如直接休刊。身为媒体界中流砥柱的报刊也遭遇了销量困境，面对这种困境，哪怕是大名鼎鼎的新潮社，也很难保得了自身周全。

我认为《新潮45》休刊的风波可以看成出版界同电视界一样开始步入老龄化的象征。

我与新潮社终止合作的原因

我在《新潮45》出事之前就终止了与他们的合作。这是因为之前提到的关于我单飞的问题，《周刊新潮》杂志做出了许多不真实的报道。我明明是出于自己的判断，觉得之前的事务所管理混乱、存在腐败现象才决定离开的，结果被《周刊新潮》报道成"为了情人选择单飞"。

虽然跟我一同经营新事务所"T.N Go"的小姐姐

确实很喜欢我，但也不能因此就给她贴上"北野武情人"的标签吧。最令我生气的是，文章中竟然说她"见钱眼开"。这位小姐姐主要经营酒店业务，经济实力十分雄厚。我们在达成合作关系时，她给我们事务所注入的资金数目令人震惊。我的那点钱根本不会被她看在眼里。

即便如此，《周刊新潮》中却依然写道："北野武被他的小情人洗脑了。"前不久，我才刚刚在新潮社出版了小说《相似体 Analogue》和新书《白痴论》，这两本书都卖出了 10 万册以上。说实话，我的确是很难理解他们是出于什么目的刊登了那些不实言论。是可忍，孰不可忍，于是我中断了与《新潮 45》杂志的约稿。

当时，我跟新潮社负责跟我对接的编辑抱怨过。然而，那位编辑却说："虽然都是一个公司的，但是我们也无法干涉报刊的经营原则。"当然，我也可以理解所谓的独立编辑权，可是为什么当社长评论了《新潮 45》杂志的论调后，这本杂志就立马休刊了呢？这种做法岂不是前后矛盾？既然想保住新闻工作者的名声，就应该排除万难斗争到底。

与旧媒体一同走向没落的只能是二流的艺人。
一流的艺人会永远保持与新媒体的适配。

北野武的搞笑特质产生于小学教室里

现存的旧媒体正在逐渐走向没落。然而，今后幸存下来的只有网络传媒吗？对此，我持否定态度。最后到底是电视传媒还是网络传媒可以留存，这并不是一个二选一的问题，事关媒体界生死存亡的关键是谁能够抓住观众的心。

总之，最重要的是我们得明白虽然媒体发生了改变，但是搞笑和娱乐的本质从未改变过。我们仍然应该尽力去思考："观众们到底想看什么？"

我从小就很会逗人发笑，我觉得不光是在 Two Beats 成员时期，即便是现在，我也依然保持着自己的搞笑特质。小学的时候，我会模仿我们的班主任逗同学们发笑。长大后，我在浅草的脱衣舞剧场工作时期，也会根据观众的欣赏层次选出适合他们的笑话。那时候，我也时常为他们想笑点想到头秃："这群大白天就喝了小酒又看了美女脱衣的大叔,我得怎么做才能吸引他们的目光呢?"

后来,相声在全国范围内开始流行,于是我又开始想"什么样的表现方式可以在全国范围内被广泛接受",以及"如何在电视节目的有限时间内最大限度地达到搞笑效果"。那时的传媒风格与现在大不相同,不过我总是会根据不同的时代、不同的媒体,在表现方式上做出相应的调整。

面对电视观众,我们必须有一套适合他们的表现手法。面对杂志的读者,我们也要有适合他们的应对措施。因此,面对网络用户时,我们也亦当如此。

最重要的并不是根据不同的媒体改变自己的存在方式,而是如何利用好媒体使自己的表现风格得到最大化的发挥。对于娱乐行业来说,如何客观地看待自己与观众是非常重要的。如果连这最起码的出发点都忘记了而左顾右盼的话,是肯定行不通的。

我对于安倍政权屡次出事一点也不感到惊讶，也许安倍政权的生存哲学跟北野武式处世之道不谋而合。

为何漏洞百出的安倍政权反而坚如磐石

从我们之前的论述来看，政治界也存在老化的问题。

在2018年9月的自民党总裁选举中，安倍晋三打败石破茂再次获得选举的胜利。安倍的这场胜利来得很稳，完全没有引起任何的波澜。

我们来看一下新组的内阁，曾经引发许多社会问题的政治家们纷纷拥进了新内阁。虽然这个新内阁的阵容有拉帮结派之嫌，可以称作"新·朋党内阁"，但社会上反对的声音并不强烈。难道是我们的国民已经放弃对政治的期待了吗？

安倍首相虽然之前曾因"森友学园"等一系列案件"深陷泥潭"，但我觉得每次安倍闪烁其词地敷衍媒体过后，政权反而坚如磐石。也许是因为安倍政权的丑闻爆多了后，大众已经感到麻木了。今后再出现什么状况时，大家反而会说，"安倍政权嘛，就是这个样子的，不需要大惊小怪"，从而表现出相对宽容的姿态。这种做法算得上是北野武式处世之道的政治版。

比如，杰尼斯事务所的艺人们如果被爆出性骚扰事件，或是人气很高的演员被曝出婚外恋，他们的演艺生涯都会受到巨大的影响。然而，假如事件的主角换成我，人们可能会说："唉，北野武干出那种事来不是再正常不过的嘛。"我觉得在这一点上，安倍和我是一样的。虽然这对日本政治来说绝对不是件好事情。

在野党只能倡导婚外恋自由化

目前的在野党没有一个可以与自民党相抗衡。像是民主党、立宪民主党、国民民主党等，我们已经完全不了解他们的政治立场了。相比之下，再小一点的党派，比如希望之党、维新会等，我们甚至都不知道它们的成员有谁。东京都知事小池百合子曾经提出过"东京都居民法斯特"，这里的法斯特应该不是表示"第一"的"first"，而是"fast food"里的"fast"吧？她净喜欢拿一些简单省事的口号当卖点，实际上毫无内容。总之，这种宣传口号是千篇一律且缺乏说服力的。

不过，如果由山尾志樱里担任党首来建立一个"婚外恋新党"的话，搞不好还是很有分量的。竞选的口号可以定为"主张婚外恋完全自由"。这样一来，可以说是一击必胜。之前有社会调查显示，日本已婚人群中有三成左右有过婚外恋。如果真的创立了"婚外恋新党"，一定会有很多人背着另一半悄悄给他们投票的。

"婚外恋新党"的成员可以这么配置：与情人结婚有重婚之嫌的中川俊直任干事长，在新干线上与当时的神户市议员手拉手打盹儿的SPEED①前成员今井绘理子任政策调查委员会会长。以上的人员配置，大家会觉得有点不靠谱吗？不过，新党的竞选演讲阵容可是很豪华的："泡妞达人"北野武一马当先，此外还有雨后敢死队的宫迫博之、演员渡边谦、艺人Becky等一大票名人。最后，应该由与树木希林分居数十年，出轨不断的歌手内田裕也来演唱 *power to the people* 作为结尾。

小泉进次郎的盲点，
没有永远不变的人气。

在决胜的关键时刻当逃兵，是走向下坡路的开始

非常有人气的青年政客小泉进次郎在总裁选举中颜面尽失。他一直未能明确表态是支持安倍还是支持石破，最后到了投票前的十分钟才支支吾吾地说出石破。如果小泉进次郎一开始就支持石破的话，他很有可能会在自民党内受到排挤，而且也容易被安倍提前"放倒"。于是，他便选择了"墙头草，两边倒"的做法。然而，这种做法依然招致骂声一片。事后，我听了他在记者招待会上的解释，他不小心说出了"Next batter's circle"，意思是"时机未到，需要等待下一次选举再重点发力"。这种想法在自民党内部遭到了一致反对。经过这次事件后，社会上有些观点认为未来首相的宝座正在离他远去。

小泉进次郎的老爹小泉纯一郎是一个很擅长把握时机的机会主义者。不过，他的儿子也许在这方面没有十分出众的直觉。

我想恐怕进次郎认为："如果可以一直维持当前人气的话，即便不去冒什么风险，最终也一定能当上首相。"如果事情真能如此发展的话当然不错，但是如果认为只需要静静地等待，什么都不做就可以保持人气的话，那可就大错特错了。

其实，不管是演艺界还是政界，哪怕当前人气正旺，我们思考问题的基本落脚点也应该是"人气会随着新鲜感的流逝而不断减弱"。因此，当我们大红大紫、集万千宠爱于一身时，就要做出下一步的打算了。如若不然，人们会渐渐对我们感到厌烦。一生之中，从事某项工作的时间越长，就越能理解"机会可遇不可求"的道理。当机会来临时，如果我们不能喊出"就是现在！"而去奋力一搏的话，等待我们的只有日渐沉寂。

进次郎目前依然人气不减，在演讲方面也是同龄人中的佼佼者。当然，进次郎目前在政界还是保持着一定优势的，但是他在今后的日子里，当务之急便是看清局势。对他来说，搞不好现在就是人气的最高点了。假如这小子还是看不清政治局势，就要面临被后浪拍在沙滩上的厄运了。

西方民主是为蠢材量身定制的

老实说，我觉得对国会议员抱有期待这件事本身就很扯淡。进次郎还算是比较好的，其他那些世袭的太子党净是一些不离婚就跟情人举行婚礼的浑蛋玩意儿。就算不是世袭的国会议员，其中也没有几个好货色，因为原本毛遂自荐去当国会议员的家伙基本都不怎么靠谱。想必我们都有这样的经历，在初中、高中时期，竞选学生会会长的都是一些什么人，大家都是知道的。当今的国会议员可以看作学生会会长的加强版。

虽然我国不是选了特朗普当总统的美国，但作为国民，我们是不是也应该看到"西方民主"大限将至呢？说得极端一点，所谓的"民主"不就是致力于创造一个"1%的智者为99%的蠢材牺牲的社会"吗？大家投票选举出来的结果未必就是合情合理的最佳选择。

高等教育免费化以及助学贷款制度简直是愚蠢透顶，我们不能用税金去量产蠢材。

不要把纳税人的钱给那帮蠢学生

安倍政权很轻松地实现了三连任，并且更新了日本首相最长在任纪录，然而安倍政权推行的政策真的没问题吗？

目前推行的政策之中，最不靠谱的当数政府与执政党正在讨论的高等教育免费化，目前正在讨论此项政策落地的一些细节与具体的受益群体。简言之，这项政策就是要用税金来负担本科院校、大专院校的学费。

这个政策如果真的实现了，一定会成为本世纪最蠢的政策。如果不管什么样的大学，只要学生去读书，学费就全免，这只会演变成用税金批量生产蠢材的局面。最后一定会培养出一堆不能为社会所用且不知社会险恶的天真蠢材。

只有在大学期间就受到过社会的"毒打"，进入社会时才不会盲目乐观。一个大学生如果在求职阶段接连被拒后才突然意识到现实社会的残酷、赚钱谋生的艰辛，那么这个从未经历过大风大浪的学生一定会受不了眼前的挫折，从而选择逃避。

高等教育免费化真正实行后，家里蹲、游戏迷、键盘侠的数量一定会大幅增长。

我本人的所得有一半都要拿来缴税，如果拿我的钱去量产蠢材，我简直要气疯了。

大学的取名开始好大喜功

跟前面讨论的问题相伴而生的还有一个问题，那就是最近频出的助学贷款破产事件。近几年来，有许多靠助学贷款读大学的学生毕业后无法偿还贷款，导致整个资金链出现缺口。

一种说法认为，当前经济整体不景气，因此毕业后无法就业的学生的数量增加了。但现实果真如此吗？

原本不应该进入大学的学生现在也进入大学了，国家为了防止一些教育水平不高的大学无以为继，便大量提供助学贷款，这恐怕才是事情的真相。在我年轻的时候，能读大学的是凤毛麟角，而现在，什么人都能上大学了。

而且，现在的大学也太多了。日本最好的大学当数东京大学、京都大学等，它们都冠着一个很小地域的名字。然而，现在很多建在穷乡僻壤的野鸡大学却总是取名为××国际大学、××Global（全球的）学科。大学取名好大喜功的现象比比皆是。

助学贷款制度的确是有利可图的。借钱的都是大学生，大学也很慷慨地借出资金，一般还是不必担心偿还问题的。

这种贪婪的交易古已有之。这是地下钱庄放高利贷的人催收时的惯用伎俩，比如催收人会命令借款人去某个电器店购买电视，借款人以信用透支购买电视花去30万日元。之后，催收人便说："你可以拿这些电视抵账，我可以帮你抵掉20万日元。"接着，地下钱庄便把这些电视用低于市场价的价格卖出，大概还能再赚到5万日元。更妙的是，这样一来，之后催收的工作就落到电器店的头上来了。

助学贷款的情形也与上述情况相似。

我们再来一起考虑一下当今年轻人读大学的意义。"因为大家都读大学，所以我也要读。"以这种理由去度过四年大学生活的人，大学是无论如何也无法把他们培养成有用的人才的。

我认为比起这种毫无目标上了大学的蠢材，那些只有初中文凭却可以自食其力、缴纳税金的人才更值得赞许。各行各业中，有多少工匠配得上"一流"二字？当前，许多年轻人因为找不到工作而愁肠百结。与此同时，一流的工匠们想招募学徒却无人问津。如今的大学完全无视上述残酷的社会现状，正在沦为一个允许学生无所事事、浑浑噩噩的休息所。

因此，即便高等教育可以实现免费化，教育现状也不会有所改善。天真烂漫的大学生是不会理解助学贷款的分量的。进一步说，制定这一政策的政治家们也无法理解他们为此政策注入资金的分量。我认为不管怎么分析，如果有这么一笔钱的话，不如拨给幼儿教育，以尽快补齐保育园的资金缺口。

将成年的年龄改为十八岁是没有意义的，
还不如直接取消成年仪式来得更有效果。

没有越线与宪法第九条

刚刚说到了大学的话题，下面我要讲讲新法中对十八岁成年的规定。首先，我认为这一修改是完全没有意义的。前段时间，依据选举权的规定，成年的年龄由二十岁改成了十八岁，并且国会一致通过了将成年的年龄由二十岁改为十八岁的法案。这一新规定于2022年4月开始实施。

那么，是不是以后十八岁就可以吸烟、喝酒了？以前，国家都是规定二十岁才可以吸烟、喝酒的。不过，这些规定有用吗？我家附近这一带的大学生，在迎新酒会上都是未成年人，但他们照样喝酒喝得很起劲儿。法律的规定和现实生活中的行为充满了矛盾。

日本人的法律基本都是一些模棱两可的规定。

众所周知，我们国家是有很多"似是而非"洗浴场所的，但是没有一个人会直接喊出："卖淫是违法的！"

我国的宪法第九条中规定，"不得保有军队"，然而实际上并非如此。我们背地里具有制造核武器的实力，但表面上只说自己"不保有军事力量"。

政客们在为自己的丑闻做辩解时也是一样的。参议院议员、SPEED的前成员今井绘理子，关于她与当时已经有老婆和孩子的神户市议员在宾馆开房一事，也是同样的说法："我们没有越线。"

我听到这种说法时，非常想问两个问题："这里的'线'到底在哪里？你的那条线是画在胸部上方，还是内裤中央呢？"

"我的这条底线就是守住'大门'，他并没有进去。

"虽然我们的确是差点越雷池，不过对方只是摸了摸就'送礼'了，我们并没有越线。"

以上是今井绘理子的辩解。如果再说得详细一点的话，这个辩解恐怕就要变成性爱报告了。

不管是宪法第九条的规定还是婚外恋中的"没有越线"，其中展示出的日本人官方回答与实际情况相背离这一点，两者是相同的。

成年仪式也是浪费税金

如果把界定成年的年龄改成十八岁，那么成年仪式要何时举行呢？不会让这些准备高考而焦头烂额的高中生来参加成年仪式吧？在学生们马上就要参加高考之前，连酒都不让他们喝，怎么会有傻瓜来操办成年仪式呢？如果有哪位同学真的去参加了这个成年仪式，第二天去学校也一定会成为全班同学的笑柄吧。总的来说，一直实行至今的二十岁成年仪式是无可厚非的。我是越来越不明白把成年的年龄改成十八岁究竟意义何在。

最近，关于成年仪式有个很可笑的新闻，有一家叫作"晴之日"的专门出租各类仪式用正装的店在收到租金后携款潜逃了。这件事情我们听起来会觉得很好笑，对于受害者本人来说却是非常惨痛的经历。他们白白花了十几万日元，在成年仪式上却没有长袖和服可穿。这不是"预付欺诈"，而是"衣服欺诈"。

对于女生来说，成年仪式上的盛装是非常重要的，那会成为她们一生中珍贵的回忆。但对男生来说，更多的是青春期导致的蠢蠢欲动。许多男生看到穿着和服、绑着华带的小姐姐，不过是想在这种新鲜感下尝试与她们约会罢了。因此，成年仪式的当晚，情人旅馆总是人满为患。与此同时，为顾客提供上门穿和服服务的店家也是生意兴隆。

我这里有一个关于女人着装的小笑话。我在年轻的时候，有一天晚上打电话约妹子出来玩。结果，这个妹子告诉我："我爸妈都在家呢，没法出去啊。"我还记得当时我是怎么说的，虽然现在看来那时的自己真是禽兽不如。我对她说："这算什么，你就说朋友的妈妈死了，然后穿着丧服出来！"于是，我就这样硬是把妹子给约了出来。然而，当我们一起去情人旅馆时，前台的阿姨看到这个穿着丧服的妹子，露出惊讶的神情，并忍不住问了一句："你们今天来这里，是不是有点不合时宜啊？"

不过，因为丧服也是和服的一种，上面的腰带缠了一圈又一圈，穿起来十分复杂，等我们完事儿之后果然没有办法穿回原样。最后没有办法，只能打电话给和服店家，要求提供上门代穿服务。上门服务的是位老阿姨，她看到当时的场景后，非常愤怒地骂了我们一通："你们这些遭天杀的家伙！"我只好尴尬地挠着头回她："唉，有人离开，就得再造个小人儿补上嘛。"

我稍微有点跑题了。不过，托"晴之日"事件的福，像"狼狈的成年仪式"这类标题的新闻的确大大减少了。之前新闻上经常出现成年仪式上的大骚动，一群白痴像暴走族一样大吵大闹的画面，现在确实不常见了。

我认为各地方政府组织成年仪式纯属浪费税金。我曾经也在成年仪式上喝过倒彩、扔过东西，就差没有写进相声里了。这些熊孩子，你越是重视他们，他们就越爱搞事情。他们因为希望被电视台的记者拍到从而引起大家的注意，有时会故意搞出一些极端事件来。相反，如果媒体对他们置若罔闻，他们的嚣张气焰一定会受到打击。

道德课成为一门必修课。

然而我们国家究竟有多少人有资格向孩子们讲授道德课呢？

无耻政客与官僚都是道德的反面教材

不只是高等教育，目前的小学教育也净是怪事。以前，小学的道德课是一门课外教学活动，现在升级成一门必修课。这门课程所教的内容是善恶的评判、诚实、学会体谅、热爱祖国、热爱家乡等。

还好这门课程的评分标准不是语文、数学那样的五分制，而是由任课教师根据学生在道德方面的表现予以评判。

然而，关于善恶的评判也好，诚实也罢，真的有哪位教师有能力为孩子们讲授吗？据说，把道德变成一门必修课是安倍政府的意思。不过，我觉得有资格教政治家和官僚们道德课程的人却比比皆是。

对于道德观念来说，最重要的就是不说谎，然而安倍在"森友学园"等一系列问题上的回答，我从中实在看不出有什么诚实可言。

此外，负有监管职能的文部科学省，最近也频繁爆出滥用职权的事件。文部科学省的事务次长前川喜平，曾经参与组织本部门官员退休后到其部门监管的大学中任教。事情败露后，有40多名涉事者遭到处分。前川喜平下台后，继任的事务次长也因支持私立大学的问题，吃拿卡要、收受贿赂，最终引咎辞职。

说到这里，前文部科学省大臣林芳正的日子也不好过。他之前曾被爆料"在公务之余开公车前去某性感瑜伽俱乐部"，这样的家伙有何脸面再去向孩子们宣扬道德教育呢？正巧，前一阵子我被授予旭日小绶章的时候，就是这位林大臣亲手把奖章颁发给我的。我当时看着他的脸，心里暗自发笑："喂，你明明那么喜欢练瑜伽，不可能还这么胖吧？"我当时真想把这句话当成笑料抖一抖包袱啊，为了忍住不说简直要憋出内伤了。

"让我摸一下。"因为这句性骚扰发言而辞职的前财务次长福田淳一也是典型的反面教材。福田是一个名副其实的学霸，在各类考试中经常以第一名的成绩脱颖而出，堪称"应试教育精英中的精英"，然而他的道德水准竟低得令人发指。

我们国家的"领导人"自己都在蝇营狗苟，却还要求学校培养学生的道德意识，这种做法实在是毫无说服力。只能说作为反面教材，他们真的是再好不过了。

能够担当得起道德教育重任的只有大谷翔平一人

如果说当今的世道有哪个人可以堂堂正正地向孩子宣扬道德，那么非洛杉矶天使棒球队的队员大谷翔平莫属。当然，他个人凭借自己的努力取得了非凡的成绩确实值得赞扬，但更加值得赞扬的是他的人品。他总是对现场的裁判和对方球员鞠躬致敬，也非常顾及球迷们的感受，并且不会像其他队员那样在准备席上吃瓜子时胡乱吐皮，而是非常小心地吐到自己的杯子里。

一般人如果能像大谷这样走红，肯定会得意忘形，大谷却完全没有，他一如既往地保持着低调。更难得的是，他在被父母或教练批评的时候也都会非常谦逊地接受。他的这一点在有着文化差异的美国人眼中也是非常可爱的，所以他也能与美国的队友们打成一片。比起靠说些漂亮话来培养学生道德感的言教，以身作则的身教俨然更加可贵。

我认为如果学校教育一定要教大家一条道德准则的话，那就是"不要相信教条的话"。前段时间，获得了诺贝尔生理学或医学奖的本庶佑也说过"不要相信教科书"，这是不是跟我的观点有异曲同工之处呢？

日本大学美式橄榄球部事件便是一个很好的例证。事件中涉事球员虽然不是出于自身的意愿，但还是无法违背教练的意思，选择了攻击对方球员，使其受重伤，最终自己也因故意伤害罪获刑。这是一个令人悲伤的结局，如果涉事球员当时敢于质疑权威，或许可以避免这场悲剧的发生。这起事件最让人郁闷的地方在于，万一涉事球员反抗了教练的授意，没有伤害对方球员，而球员本人也因此被球队雪藏，那么日大美式橄榄球部的问题就没有机会浮出水面了。这样一来，这个毒瘤会越长越大，最后可能引发更严重的社会问题。

大人为孩子设计的道德教育只是培养"顺民"的道具罢了。我们培养孩子时，真正需要的不是课堂上的道德课，而是周围良好的成长环境。

我们不应培养只会盲目地遵从强制性规定的孩子，对于教育事业来说，培养出可以独立思考、独立行动的孩子才是最重要的。

为了宣传道德，培养爱国精神，单方面压制色情传播。这是否与解决少子化对策相矛盾呢？

为何网络成为法律的盲区

这本书（在日本）出版时，正是提前录制新年特别节目的时候。托这本书的福，新年伊始，我便接到了许多通告，忙得不可开交。不过跟过去相比，2019年的新年特别节目却处处受限。

我特别擅长的以毒舌讽刺社会现象已经被电视管理局点名批评，而且带点"颜色"的节目也被完全禁播了。以前在新年之夜我曾经打算"完爆红白歌会"，策划了一个由一千名年轻姑娘参加的猜拳游戏。游戏中，两个人一组猜拳，输了的人要脱一件衣服。与现在不同，那时的富士电视台风光无限,我们甚至还搞过非常恶趣味的现场直播。

如今,电视管理局一味地出台各种限制,搞得我完全没有干劲儿了。不光是电视产业,图书出版业、杂志出版业等也是一样。最近,为了防止对女性和孩子造成不良影响,便利店的货架上已不再公开摆放成人杂志了。然而,从理论上来说,"不冒风险"就是最大的危险。我觉得当今世界上,自由的空间已经越来越少了。

所以,现在的社会是表面功夫做得很好,但这只不过是把PTA认为不堪入目的东西藏起来罢了。

我们在网上稍微搜索一下,就会看到许多弹窗跳出各种色情图片和视频片段。令人费解的是,难道这些就不会被孩子们看到了吗?"上有政策,下有对策。"电视节目和杂志等被从严管制了,这些色情内容当然会另谋生路。

人类是生于色吗？

也许是我自己"小人多疑"吧，我觉得现在给旧媒体不断增加限制，却对网络等新媒体相对放松管制，绝对是有其深刻原因的。如果现在给网络传媒也增加一些强制性的政策，恐怕有许多靠网络发家的财阀要揭竿而起了。而且，许多政府官员也作为"合伙人"从中获利，实在无法对网络重拳出击。

当前，智能手机与网络带来了巨大的利益，一部分聪明人从中扮演了"庄家"的角色，不断榨取民脂民膏。小黄片儿、小黄书等是吸引老百姓上网的一大因素，"庄家"们当然觉得把网络环境管制得太严绝非赚钱之良策啊。

不过话说回来，谈到"色"一词，我们每个人不都是其行为的产物吗？说到底，我们都是通过一个需要打码的地方来到这个世界上的。

政客们整天宣称"解决我国的少子化问题是当务之急"，那么他们片面地将性爱一律贬低成色情之事，是不是很荒唐呢？在这里，我不是强调那些私生活混乱的政客的辩解借口,但"没有越线"是绝对生不出孩子来的。

安倍首相把靠增加税收得来的钱用在了教育免费化上,享受教育免费化的便是我们这个社会培养出来的蠢孩子。如果一定要收取赋税的话,我们来收个"Sexless税"(无性税)岂不是一举两得吗?

日本的体育界、教育界的"职权压迫"屡禁不止,其背后的原因是对孩子的蔑视。

"职权压迫"存在于所有的组织机构中

"职权压迫"也是日本社会老化的症状之一吧。

在体育界、教育界存在的"职权压迫"现象,以及"培植"这种现象的温床——"既得利益"的存在,目前已经愈演愈烈。

日本大学美式橄榄球部的涉事选手在教练的命令下做出恶意攻击一事,充分展示了"命令不可违"的权力构造。

因强烈的个人风格著称的日本原拳击联盟会长山根明也说过，在拳击领域，他拥有绝对的统治力量。日本体操协会也是一样，女子部部长冢原千惠子以及她的先生——以单杠动作"月面空翻"著称的冢原光男副会长，被一位十八岁的女子体操选手以"职权压迫"为由告发。我们经常可以看到视频里教练打选手耳光的情景，对于选手来说，真正的问题并不是被教练打耳光，而是其中扭曲的权力构造。

这种不讲情理的状况不只限于体育界。在我年轻的时候，以相声演员的身份去参加一些相声比赛时，也经常受到不公正的评判。我们的表演不管受到台下观众怎样的认可，评委们总是以"Two Beats 的笑点太低级趣味""相声界的泥石流"等理由淘汰我们。更糟糕的是，有的评审还会说："Two beats 不够努力。"这些评委又不知道我们背地里做了怎样的准备，凭什么去断言我们不够努力呢？在日本社会中，结果和实力就是全部，你一定会遇到饱受冤屈又百口莫辩的情况。

在指导过程中的"客气"是很有必要的

我们把话题倒回指导者与被指导者上,在这层关系中,最后的焦点聚集在"职权压迫行为到底是教育还是暴力"上。前不久,著名的爵士小号演奏者日野皓正在音乐会现场,抓住一名负责打鼓的初中男生的头发,并左右开弓地扇男生耳光。虽然也有人认为日野是"对男生热心的指导",但这件事情在社会上引起了强烈的反响,批评之声不绝于耳。

迄今为止,我在教育的问题上一直宣称"教孩子是可以严一点的"。

但也有很多人认为:"孩子也是人啊,我们要尊重他们的人格。我们批评孩子的时候要温柔一点,要循循善诱。"

我觉得他们的想法太过天真,甚至不负责任。如果这种天真的做法可以解决问题的话,世界上就没有父母为教育孩子而烦恼了。

当然,的确有那种一说就懂的聪明孩子,但在现实生活中不听劝告、肆意妄为的孩子不在少数。

作为家长，是可以严教那些不听话的孩子的。如果我们坚持"不能对孩子动粗""好言相劝是可以达到教育效果的"，那么孩子不但永远也不会理解做人的道理，最后反倒瞧不起家长和身边的成年人。

孩子是不给他们强制喊停就要一条道走到黑的顽固分子。我们应该让孩子知道，这个世界上不是所有的事情都可以由着自己性子来。这是父母的义务，尤其是父亲的义务，因为真实社会的"毒打"是比家长的拳头残酷百倍的。

我的发言可能会让大家误以为"难道北野武是赞成日野皓正的"？其实不然，在看到扇耳光的视频时，我的想法很简单："原来世界级爵士乐好手也会有嫉妒人的时候啊。"

日野事件中，最关键的一点是发生在观众面前。那场音乐会是世田谷区教育委员会主办的，属于"教育的一环"，而且观众也是买了门票前来观看的。也就是说，他们是来看爵士乐现场表演的。然而，在这种场合日野竟公然在台上扇了助演学生的耳光，实在是太没品了。

爵士乐的精髓就在于"临机应变的即兴发挥"。我认为已经功成名就的爵士乐大师日野皓正是完全有能力把"教育指导"变成一场精彩的表演的。

比如，他可以把学生手里的鼓槌夺过来亲自敲给他看，或是自己吹着小号走上舞台，用自己的号声压制住乱敲的鼓点。这样一来，观众席上也不会有尴尬的气氛，而是会传来阵阵叫好声："日野皓正的演出确实值得一看啊！"

不管是体育运动还是乐器演奏，练习的时候都是很苦的，被老师严厉批评或是打两下子都是家常便饭。不过，在观众面前出手指教学生是会引起反感的，大家会觉得："要打就回去打啊，在台上动手算怎么回事。"在料理界也是如此，师父一般会对徒弟严厉指教，但如果师父当着食客的面指教徒弟，那么再好吃的料理也会瞬间失去滋味。这些道理都是相同的。

对于艺人而言，我们会非常重视现场的应急处理，而爵士乐手更应该是即兴演出的专家才对。结果，日野的演出最后弄得无法收场，我只能把它归因于"他的嫉妒心使然"了。

在新闻报道中，那个被打的中学生好像也说了他很感谢日野的指导,并反省了自己的过失。日野在之后的新闻发布会上也提到了把那位中学生当成自己的儿子看待。

我觉得如果是这样,他就更应该在表演结束之后再批评那位学生了。然而,日野就是这么缺乏在观众面前现场演出的意识,他也因此把事情搞成了一场闹剧。

孩子们有能力识别"严厉指教背后的动机"

虽然我个人认为体罚是可以有的,但在当今所有的教育场所,体罚都是被严令禁止的。父母对孩子的体罚自然另当别论,至少教师是绝对不能打学生的。其中我们必须认真思考的是,体罚是不是很容易变成大人由着自己性子的"单纯暴力",或"冲孩子泄私愤"。

几年前,有个知名高中的学生被老师打了四十多次,最后自杀身亡。这个老师的这种行为是绝对不被允许的,这已经构成暴力犯罪了。死去的学生应该是真的无处可躲才选择了轻生。这绝对不是教育!教师等指导者的拳头是为了教育学生还是单纯的施暴行为,学生是有能力识别的。我再次回想了一下自己小时候，确信的确如此。

学生在被老师打之后，对有的老师是不记仇的，还愿意再次见到他，但对有的老师可能就不想再见第二次了。我觉得这就是学生对老师真正意图出于本能的判断。

说说我自己的一些事吧。前段时间，我还跟我的小学老师一起吃了一顿饭。我的老师叫藤崎，在足立区梅岛第一小学工作。在我上小学二年级到六年级时，他担任我们的班主任。我记得他是刚刚大专毕业就来当我们的班主任了，当时也就二十出头。虽然藤崎老师比我们只大十岁，但他真的是很凶、很可怕。每次当他说"北野武，你要是下次再犯，我可不能轻饶了你"时，我都吓得瑟瑟发抖。而且，我也确实总被他修理得很惨（笑）。

那时，我们班只不过在游泳比赛上没有取得好成绩，藤崎老师就让大家趴在课桌上练习自由泳的划水动作，更不用说他在语文、数学这些文化课上的要求了。

我还记得有一次我们班在赛跑项目上吃了败仗，老师的反应简直恐怖极了。他让我们之后的每天都拼命练习，大喊着："你们给我一直跑，不准停！"现在回想起来还有点难以置信，原来藤崎老师对我们实行了斯巴达式的严厉教育。也是多亏了老师的严格要求，我们班在整个足立区的运动会上夺得了冠军。每次想起藤崎老师，基本都是一些欢乐的回忆。因此，即便我到了七十岁，还是很想再见见藤崎老师啊。

相反，有个别的老师，我一想起他们就净是痛苦的回忆。这种痛苦并不是因为被踢、被打，而是来自精神上的厌恶。

有个老师在课堂上让大家按座位次序回答问题时会故意跳过我，赤裸裸地表达对我的无视。这件事情我记得很清楚，因为我当时内心怒吼："开什么玩笑！"这种想给孩子造成伤害的行为虽然没有使用体罚，但精神上的虐待要比体罚严重得多。这一点是我们在评判体罚的利弊之前首先应该弄清楚的。

北野武军团与我

说回我自己，我是不是曾经也对北野武军团的弟子们施加了太多的压力呢？这一点肯定是不能否认的，不过我们之间的关系更像是师兄弟，并不是师徒关系。在综艺节目 Super Jocky 和《超级搞笑问答》中，我经常挤对他们，多数也是出于制造娱乐效果。

我在军团中一贯提倡的是"要照顾好扮演受气包角色的捧哏"。关于这一点，大家多多少少都有所了解。鸵鸟俱乐部和松村邦洋等的出道也都与北野武军团擅长捧哏有很大的关系。鸵鸟俱乐部的那句有名的"没听说过好吧"就是在与军团搭档的时候走红的。军团的成员们非常伟大的一点，就是他们能很好地找准自己的定位。

然而，偶尔有些艺人无法察觉到军团成员的付出。这种时候，我就会很生气："喂，我们军团的小弟为了捧你做出了很大的牺牲啊，不要以为自己有多了不起好吗！"唉，不过娱乐圈就是这样残酷的地方，谁出名谁有理。

娱乐圈是被指责为职权压迫最严重的地方，所以我们是否应该认真地思考一下自己的处境。特别是在爵士小调音乐的领域，我们原本应该为孩子们带来更多欢乐，然而"不听话就等于被排挤和挨耳光"的处理方式显然是会起到反作用的。

表扬在烈日下持续投球的高中选手是搞事情吗？

不要把同情弱者和环境恶劣混为一谈

当前，社会各界的职权压迫和体罚都在成为关注的焦点，然而喜欢同情弱者的日本人为何把高中棒球比赛上过度使用投手之事传为美谈？

2018年，秋田县金足农业高中在夏季棒球比赛甲子园球场上获得了亚军，他们的头号投手吉田辉星一度成为人们的话题中心。吉田被大家称作"桑田二世"，是非常优秀的投手，曾在棒球手选拔大会上取得第一名的好成绩。而且，地方的公立高中实现逆袭，砍瓜切菜般地打倒了名门私立高中也是日本人非常爱看的戏码。

吉田选手从秋田地区的选拔赛开始，到甲子园决赛，一共投出了1517个球。他在炎炎烈日下独自坚持投球，被大家传为美谈。可是，这真的值得鼓励吗？

在烈日之下的球场上打棒球是很艰苦的，并且比赛日程安排过密会导致投手的肩部过度劳损。面对这种情况，我们原本是要及早提出解决方案的，然而大家看到吉田的拼死力投，纷纷发出"太燃了，果然高中棒球比赛令人感动啊""真是夏季的代表性活动啊"等感叹，至于吉田本人的情况却被一片感叹之声给掩盖了。

日本人一贯如此，比起未雨绸缪，更擅长在出事之后再做出补救措施。甲子园的比赛一定也是一样，只要不爆出选手因中暑去世或因过度劳损导致骨折等大事件，我们就不会对赛制做出任何改动。但是，这等于让棒球选手们继续承担着莫大的风险。

对高中生来说，甲子园是他们梦想的舞台，他们是抱着"即便在这里死去也无所谓"的心态来参加比赛的。正因如此，我们成年人就更有义务来调整赛制、整顿整个大环境，哪怕这种做法会被个别参赛选手反对也要实施下去。

"职业棒球手会跟甲子园的高中棒球手受到同样对待吗？"我们一旦开始思考这个问题，就会发现高中棒球联赛的不合理之处了。一般职业棒球投手如果在一场比赛中投出100个球的话，通常会休息四五天。然而，在高中棒球联赛中，投手一个人要连续投好几天，并且每天投球数都达到150个之多。甲子园棒球联赛是报社主办的，他们当然不能大放厥词，但适当地批评一下赛制也是理所当然的吧。

目前，知名职业棒球选手松坂大辅、田中将大、达比修有等，在比赛中偶尔也会出现些身体上的小状况。关于这一点，即便他们本人没有现身说法，我也会认为他们的伤病与高中时期的过度劳损有很大的关系。而与高中棒球相关的所有环节上的所有成年人都对此现象视而不见，他们继续放任棒球新生力量缓缓走向没落，没有采取任何补救措施。

对于高中棒球教练来说，他们也想打进甲子园，也想取得胜利，所以让他们主动对选手们减负确实难以实现。不过，解决选手过度劳损的问题却是制定赛制的主办方无可推卸的责任。如果我们不严肃对待这一问题，那么比赛规则有可能要到"××选手死后"那年才会发生改变。

"没有空调的小学"尚能留存的原因

我这样去批判高中棒球比赛赛制一定会受到很多人的围攻，他们会说"传统怎么可以随意改变"，或者"在烈日下拼搏的年轻选手是最美的"。正是因为我们日本人喜欢创造"扭曲的美学"，才屡屡酿成大错。过去，学校的社团活动规定训练时学生不准喝水，结果造成有的学生过度脱水，生命垂危。这些奇葩的规定说到底就是所谓的挫折教育、毅力培养在作怪。

日本最喜欢搞这些磨炼意志的一套了，正因如此，目前还有一些小学没有空调。"小孩子需要进行耐热训练，是不能吹空调的"，像这样愚蠢至极的毅力论调深深地刻在成年人的脑子里。只要没有出现小学生因中暑而亡的事件，人们是不会给没有空调的小学做任何改善措施的。这样的日本社会显然是哪根筋搭错了吧。

说起来，我还很想谈谈本应在2020年举办的东京奥运会，特别是马拉松项目。夏季的东京气温过高，奥委会的工作人员针对这个问题也提出了解决方案，他们打算把马拉松的开始时间定在早上7点。不过，显然他们也觉得此解决方案尚有不妥之处，不能让世界顶级的马拉松选手直接去冒风险，于是奥委会决定在2019年夏天先来一场模拟比赛。于是，他们招募了很多市民来充当选手，打算看看他们是否能安全地跑完全程。

如果最后得出的结论是"由于这项比赛太过危险，我们不予举办"，那他们就更加不负责任了。我认为，面对困难，我们必须认真地思考解决方法，而不是草草了事。

高龄化的风潮也波及演艺界了，年过四十岁的山口达也还在当着青春偶像。

至死都是青春偶像，简直可笑至极

受到社会普遍高龄化的影响，偶像群体也出现了高龄化现象。我从山口达也事件中深刻地体会到了这一点。Tokio 的成员山口达也曾在 NHK 的一档教育节目中与一位女高中生共同出演，之后他将这名女生叫到家里并强吻了她。这一事件使山口达也受到了无限期警告的处分。

山口达也已经四十六岁了，而且酒品是出了名的差。他喜欢喝酒，所以肝不好。听说他曾经有一个多月一边住院，一边接通告。然而这家伙才出院没多久，就又是喝酒又是约女孩子来家里了。

最后，山口退出了 Tokio，并且也与事务所解了约。像受害者那个年龄层的女孩子，正是杰尼斯饭圈的中坚力量。所以，杰尼斯事务所为了防止他们赚钱的根本被动摇，必须对此次事件严肃处理。

不过，有关于小姐姐的事情，我是没有资格站在道德的制高点发表评论的。当年在相声最流行的年代，我三十多岁，也有许多年轻的女粉丝朝我疯狂拥来。当然，我是不可能去一一确认这些粉丝是不是都已成熟了。如果我现在还很年轻，还很受欢迎的话，肯定也还会干蠢事的。

不管怎么说，四十六岁的青春偶像还是有点勉强吧

对于一个偶像而言，如果是在他二十多岁事业的巅峰期让他克制一下天性，不去碰女人和酒的话勉强还可以做到，但到了四十多岁还要以偶像的标准去严格要求，这就等于告诉他"你一辈子必须保持偶像的人设不崩塌"，这未免太残酷了。仔细想想看，没有什么比这更黑的"黑工"了。山口之前在媒体面前隐瞒的酗酒行为，也跟这次的事件扯上关系了。想想看，也许山口一直以来压力也挺大吧。

不过，这次媒体在曝光事件的时候，用了一种奇怪的"关照"，这种关照很让人恶心——所有的媒体全部统一口径称山口为"山口成员"。也许是因为此次事件如果可以私了的话，山口就不会被起诉，所以媒体也无法把山口叫作"嫌疑人"。而且，SMAP原成员稻垣吾郎和草剪刚出事的时候，媒体曾把他们称作"嫌疑人"，还遭到社会舆论的一致嘲讽。当时，群众还质疑媒体的用词是不是有落井下石之嫌。如果非要用个"敬称"的话，我觉得叫他"山口组员"是不是更搞笑啊。

虽然我已经说过很多次了，但是当前所有的人气明星当中，最有资格当偶像的的确还是在洛杉矶天使队效力的大谷翔平。说实话，品行端正的体育明星实在是不多，但是大谷翔平确实会让我们感受到他只热爱棒球，无论他有多么出名，也不会爆出什么不良消息和花边新闻。

以前的职业棒球选手基本都与黑社会来往密切，而且大都是酗酒成性。他们每晚都玩乐到天明，而且有时带着宿醉上场还能在击球席上打出全垒打。在那个年代，这样的趣闻逸事很多。站在社会精英阶层顶点的福田财务次长也是因为一次严重的性骚扰事件受到了处分。从这些事件来看，拥有一定的社会地位后就开始花天酒地的全是"上个时代"的家伙啊。

演艺界的怪象反映了整个日本社会的怪象。
年轻艺人和当红艺人对人气一事多有误解。

艺人天生遭人嫌

不光是山口达也,现在不管是谁,只要是与未成年人有染,一定会身败名裂。年轻的人气演员小出惠介——虽然我也不怎么认识他,因为与一位十七岁的女生一起喝酒后来又一起滚床单,被事务所停掉了所有的工作。

时代不同了,随着法律对未成年人的保护越来越完善,艺人们只能越发小心谨慎了。在我年轻的时候,状况跟现在完全不同。

现在,每当我看到这类年轻演员翻车的新闻时,都会感叹:"还真是个实在人啊。"我觉得他们恐怕在想:"我是个名人,大家应该都喜欢我吧?不对,是绝对喜欢我!"这种想法真是大错特错。艺人只是大家都认识的人罢了,以普通人的眼光来看,他们一定是"被羡慕嫉妒恨"的存在。他们既有人气,又受女孩子欢迎,还能赚很多钱，哪一点不叫人气愤呢。

这样令人嫉妒的家伙一旦做了什么丑事，一定会有很多人群起而攻之。

比如出轨、婚外恋这种事情，对艺人们来说就是灭顶之灾。社会上的一片骂声不一定都合情合理，但你身为一个抛头露面的艺人，必须有这样的觉悟，那就是"我是一个被嫉妒、被憎恨的人，我无论何时被人们评判得体无完肤都不要大惊小怪"。

我虽然劣迹斑斑，但一直是抱着这样的觉悟活到今天的，并且直到今日还是深以为然。我从来都是只在自己熟悉的、信得过的餐馆里吃饭。即便是常去的馆子，我也会坐到隔间里去，而且尽可能地不去跟不熟悉的人见面。我深知，我年轻时那个浅草时代的自由时光已经一去不复返了。

其实，我不那么做就会惶惶不安。但是一旦做得太彻底，就难免被人说成："北野武这家伙只去高档餐厅的雅间吃饭，一副很了不起的样子。"世道就是如此啊，我还能说什么呢。吃饭尚且如此，"第一次见面就感觉很容易推倒的女孩儿"就更可怕了。作风问题就是靠人气发家的家伙应该注意的事，如果连这一层都想不到的话，那真的是傻瓜一个了。

高仓健就是一个很注意这方面细节的人，听说他不管是剪头发、买衣服还是吃饭，都只去相同的店。高仓健本人在做这些事时，一定是本着"保持演员高仓健人设不崩塌"的原则。

唉，艺人嘛，不把注意力放在世人的眼光上是不行的。

在球童面前"装大爷"是很没品的

我经常去打高尔夫球，我有个原则，那就是绝不抱怨球童。我在打球的时候，不管是球童判断错了球洞，还是自己按照球童的指示把球打到沙坑或是水池里去了，我都绝对不会发牢骚。而且，我总是会给他们小费。

我也经常听到球童们说起别的艺人。比如：

"××男演员只要发挥得有一点不好就会马上赖在球童身上。"

"××综艺明星不讲礼貌，非常粗俗。"

……

这些事情一旦有一个球童知道了，那么就相当于整个高尔夫球场的所有球童都知道了。然后，这些球童回家后会跟家人讲，家人再去公司讲、去学校讲。也就是说，对一个球童态度恶劣的话，这个传言就会以指数级的速度迅速扩散，最终会以一百人、一千人为单位疯狂传播。而一旦这个艺人出了事，这些不良传言就会像定时炸弹一样一起爆炸。如此想来，人气是件可怕的事情，太过嚣张是会要命的。

比较嚣张的年轻艺人一定是有这样的错觉："我是无可替代的。"然而，当今的娱乐圈中几乎是没有这种人的。像曾经的高仓健、石原裕次郎那样的天王级明星基本已经绝迹了。因为有吸毒嫌疑和同性恋倾向而退出娱乐圈的成宫宽贵大家还记得吗？现在又有谁还会提起他呢？他刚刚出事的时候，确实还有传闻说他逃到东南亚去了，不过现在他再也不会成为热议的话题了。小出和山口最后的结局一定别无二致。

与十八岁成年的提案相反，我觉得现在三十多岁甚至四十多岁的男人还像个小孩子。所谓的"老龄化社会"

实际上是"成年人幼儿化的社会"吧。

小室哲哉因出轨而隐退是很荒唐的。
艺人什么时候隐退应该是由观众决定的。

群众看厌了出轨风波

我觉得一件无比幼稚的事情就是小室哲哉的隐退闹剧。

小室哲哉自蛛网膜下腔出血倒下之后,一直需要专人护理。据《周刊文春》报道,小室趁妻子 Keiko 回娘家的时候,把美女护士叫到家中共度良宵。在之后的新闻发布会上,"为了对这次不良影响负责",小室表示要退出歌坛。

他的隐退宣言使得社会上对他的婚内出轨行为疯狂谴责的群众突然掉转了矛头。之前,当红女星 Becky 被爆出有婚外恋时,无论是电视节目还是体育新闻,都拼命对事件刨根问底,然而这次事件中却有一些人是支持小室的，并且批评《周刊文春》是言过其实，网上甚至发出了"某杂志扼杀天才音乐人"的评论。相比之下，发布独家新闻的《周刊文春》才是被集体抨击的靶子。

小室表示因为妻子做护理很辛苦，所以请了护士帮忙，并且在新闻发布会上也坦白了自己已经"不具备男性功能"。他以一句"不要欺负一个需要护理的可怜人"获得了世人的同情。

这件事情众说纷纭，但我想说的观点非常简单，那就是人们已经看厌了出轨风波。

原本小室出轨这件事情确实是受到批判的。从 Becky 开始，到雨后敢死队的宫迫博之、渡边谦，哪一个不是被人们当成道德的败类而饱受非议？为什么到了小室就不一样了？一直以来，人们对出轨事件都是很感兴趣的，就因为爱惜小室哲哉的才华，于是本次事件不予追究了吗？这也太说不过去了吧？

实际上，娱乐圈的丑闻总是围绕着出轨、婚外恋，实在是太缺乏新意了，人们只是觉得"行了，我们看够了"而已。

那些装模作样批判《周刊文春》的人，本质上也不是什么好东西。针对小室一事，堀江贵文②就曾经发出过"《周刊文春》实在是太过分了"的批评意见。我听了之后简直想吐槽："你说的是人话吗？"你自己才是利用媒体把自己塑造成"时代宠儿"的形象，然后又为所欲为吧？你把自己打扮成一个幼儿园小朋友的样子去参加"R-1大奖赛"③，完全就是一副进军娱乐圈的样子，还不允许媒体挖你的新闻吗？这也太搞笑了吧？在对别人的事情妄加评论之前，还是先去给买了Livedoor（活力门）股票的股民们道个歉才是正理。

艺人不过是一个"虚像"

在新闻发布会上发表隐退宣言的小室本人也很不光彩，虽然这次的事件与他的本行没有任何的关系，但是不管你有多少理由，到最后让大家认为你"没有卖点了、不受欢迎了"就是最大的失败。

音乐人和我们这些搞笑艺人是一样的，从事与技艺相关工作的人，他的退休从来都不是自己能决定的。

能够决定我们退休的，说到底还是观众。在我们还很有观众缘的时候，想退休就只能强硬地退出。这样一来，观众反过来会觉得"你这个人很没趣"，接下来有些工作便自然而然地不找你了。如果我们真的身体开始不听使唤了，那的确只能退休。可是，小室哲哉还完全没到那个地步，他的退出还不能算是告老还乡吧？

我已经到了这个岁数，也经常担忧："大家不知道什么时候就会厌倦我了吧？"于是，我总盘算着接下来再做点什么新鲜事。比如，我打算参演NHK大河剧，并在剧中说单口相声，还打算再拍些新电影、写点新小说什么的。我觉得自己依然干劲儿十足呢。

艺人里几乎没有人会在自己还红着的时候发表隐退宣言，他们大抵都是渐渐失去工作机会之后不得已才退出娱乐圈的。

小室在出了这个疑似出轨事件后，还有很多观众发出"请不要隐退"的呼声。艺人应该用自己的技艺来对观众负责，这才是其中的道理吧。

太田的聪明之处，我们看他的相声便会懂得

最近，文艺圈里最令我震惊的丑闻，是相声组合"爆笑问题"的成员太田光以非正当手段考取日本大学。这个事件也是一家报刊爆出来的，原文里写的是"太田的父亲为了让他进入日本大学，付给中介机构800万日元"。不过，这是真是假读完也无法判断。

不过，搞笑的是杂志上写着"太田在读高中的时候都不会做除法"。我觉得没有什么比这更好笑的了，于是有一次在电视台录节目的时候，我经过他的休息室时出了一道题来考他："4除以2等于多少？"太田故意装傻地回答："等于3，嗯……不对，果然还是应该等于2吧？"（笑）

关于太田走后门入学的问题，他自己说："我的确是不知道还有这回事，而且我父亲已经去世了，实在是无从询问，还真是个麻烦事。"太田所在的事务所也起诉了写这篇报道的杂志社，造这种谣确实让人无法原谅。不过，我觉得胜诉与否真的无所谓，因为这家伙到底聪不聪明我们看他的表演就知道了。

对一个艺人的评价全在于他受不受观众欢迎。即便是爆出了丑闻，他还能利用好丑闻再编出一个搞笑段子，这明显就是在丑闻战争中大获全胜嘛。唉，报刊可能也是实在没有什么好瓜给大家吃了，才出此下策吧。

只要主妇们对女性的出轨依然抱有愤怒的情绪，真正的男女平等就还是远如梦幻。

女性对女性出轨的批判

我在电视台工作时接触到很多新闻类节目，我切身感受到，人们对"女性出轨"的包容度远低于男性。比如Becky、矢口真里、齐藤由贵、山尾志樱里，她们出事的时候都是这样，社会上指责的声音异常之大。我经常跟各种小姐姐鬼混，还会去泡泡浴等灯红酒绿的场所，却没有成为任何社会性话题，而有丈夫的女人只要在别处跟其他男人有点什么，便会立即哗然一片。特别是会有很多来自同性的指责，很多女性会十分愤怒地发出"不可原谅"的呼喊。像Becky想复出的时候，主要的反对声音就来自主妇群体。而电视节目的赞助商对于"女性的反对声音"是非常敏感的，因为他们的商品主要购买群体就是主妇和未婚女孩。所以，对于出轨事件的当事者来说，女性承受的损失要远大于男性。

那么，为什么女性对于"妻子不忠"的反应过激呢？从前的社会是丈夫单方面出轨的社会，而随着社会的发展，不知不觉中，妻子出轨的事件开始多了起来。从某种意义上说，这是"男女平等的体现"。对女性来说，当前的社会难道不是空前平等的好社会吗？

可悲的是，到头来女性自己对同胞们批评、指责，她们并没有追求真正的"男女平等"。

娱乐小报涉及皇室内容，这实在是娱乐过头，简直粗俗、可笑。

把手机镜头对准天皇的浑蛋

2019年，最大的新闻就是天皇的退位以及改国号了吧？

关于衰老，连天皇也不能幸免。天皇年过八十还要处理公务，其辛苦程度一定是我们难以想象的。

我们的天皇与皇后每当国家发生重大灾难时都要赶赴现场，此外还要出席大型体育竞赛、各类博览会等。如果你觉得只是在观众席上看看比赛、看看演出没什么累的，那就大错特错了。因为我也经常列席一些活动，所以我很清楚应酬工作是很有压力的，比想象中的还要辛苦。

近来又出了一些事情，给皇室成员造成了很大的舆论负担。

秋筱宫真子内亲王的婚期延期问题一石激起千层浪。真子内亲王的准婆婆的借钱风波等一系列事件被媒体不断爆料，社会各界的吃瓜群众对此事也表现出了十足的兴趣。

皇室与国民之间的距离感，因丑闻的爆料而大大缩短了，但我一直觉得缩短的距离感给人一种违和感。最令我气愤的是，当天皇和皇后去灾区赈灾时，周围竟有不少浑蛋很淡定地拿起手机对着他们大拍特拍。

这些拍照的人是否敢突然拿出手机拍自己的领导、上司呢？我也不是单纯地谈尊敬天皇的问题，而是觉得现在的日本人对他人的体谅与尊重意识越来越淡薄了。

最近的报道中写了很多真子内亲王在电话中谈到的内容，这些内容很多都是连皇室成员都不知道的私密话题。姑且不去管这些内容有几分属实，首先就媒体这种深挖隐私的做法，我就十分不能理解。

近期关于皇室丑闻的热议，从人们把这些话题当成娱乐新闻这一点来看，日本人的轻率、浅薄可见一斑。

为什么不能说"摧毁相扑协会"

我们来看一下日本相扑协会，作为一个组织，可以说是已经病入膏肓了。如果仔细分析贵乃花④被迫隐退一事，我们就完全可以看出其中透露着"维护既得利益"的阴谋。目前的相扑协会一边宣扬"最重要的是要维护相扑的传统习俗""选手需要遵守规矩"，一边随意制定了很多没有实际意义的规定。比如，相扑选手必须从属于某一门派。最后，相扑协会渐渐变成了维护既有体制利益的工具。

相扑协会确实有问题，那么贵乃花本人就做得很好吗？我觉得不然。

电视上详细地报道了相扑选手日马富士殴打贵之岩⑤一事。我觉得贵乃花对这起事件的处理方式对于改革相扑协会来说，并不是一种好的方式。他的做法不但会导致跟守旧派的矛盾越发尖锐，还会让看客觉得奇怪："有些明摆着的话为什么不早点说呢？"并且，关于退出相扑协会的决定，贵乃花给出的解释也并不充分。

我们且不说相扑协会和贵乃花谁对谁错，通过这一系列的骚动，我明白了一点——"贵乃花这个家伙缺乏审时度势的能力"。

日马富士的暴行事件发生后，世间的舆论一时间全部倒向了贵乃花。就像小泉纯一郎趁机提出"摧毁相扑协会"、田中角荣提出"日本列岛改造论"那样，贵乃花原本应该趁热打铁提出"日本相扑协会改革草案"，这样一来岂不是可以一口气争取到改革的主导权？

然而，贵乃花却摆出一副冷漠脸，不置可否又拖拖拉拉的态度最终导致他彻底丧失了机会。我看着他那张面无表情的脸，不禁怀疑："这个人还有没有自主意识了？"贵乃花既不会审时度势，又不能伺机而动，实在是不具备做领导的素质。假如他真的改革成功，当上了相扑协会的理事长，他手下的心腹人物肯定也会造他的反、拆他的台。

现在，我们根本不知道他到底想做什么。他只是说着一些苍白的空话，比如"协会的老化是个问题""我们必须既尊重相扑传统，又要与时俱进"，至于具体的措施，他是一点也没提。

贵乃花的发言中只主张了"严肃认真的相扑比赛"，除此之外什么也没提，他向外界传达信息的水平是很低的。若是没有清晰的方向，其他相扑界的领军人物也无法跟随他的脚步。如果一个领导总是让人搞不清楚他想干吗，那真的会给周围的人增添很多烦恼。

一年去六个地方比赛根本做不到

以认真比赛著称的稀势之里在成为横纲之后就鲜有惹眼的表现了。不过老实说，一年之中去六个地方参加正式比赛，一般人根本做不到。超过一百公斤的汉子用尽全力在土俵⑥上冲撞、摔落，肯定是会受伤的。相扑选手除了在自己所在的赛区比赛，还要全国巡赛，几乎没有让身体休养的时间。

曾经的相扑选手一度被人们称作"一年只需要工作二十天的男人"。以前，相扑选手只需要在春季、秋季各参加十场比赛，之后的日子便可衣食无忧了。然而，再看看现在的相扑界，可称得上是黑暗职场了。

拳击的冠军选手，一年最多比赛三场，像一些有名的拳击选手，一场比赛就可以赚到一百亿日元。相比之下，相扑运动选手不但收入不及他们，还要暴饮暴食，实在是一份划不来的工作。所以说现在想当相扑选手的年轻人越来越少，不是没有理由的。

相扑协会的干部们为什么紧紧地抓住既得利益不肯放手，其中也有想平衡一下年轻时代所受剥削的意思，也许他们想拿回自己当现役运动员时被克扣的收入。相扑协会的组织结构一贯就是拼命压榨相扑力士，上层领导吸取油水。

我一直主张，我们必须给相扑一个明确的定义——它到底是一项运动，还是一项传统活动。

现在，有很多外籍选手参加相扑比赛，比如来自欧洲的枥之心，以及许许多多的蒙古国选手。如果我们认为相扑比赛国际化值得鼓励，那么我们应该制定出符合国际体育标准的比赛规则。像是肘击、掌击是否犯规，我们制定的规则必须是全世界范围内都能认同的。

这样一来，我们便不再需要行司[7]一职，也不会再出现知名行司式守伊之助在比赛过程中揉捏年轻选手的胸部而遭到处分的荒唐事件。而且，在一场比赛中不同部屋[8]的行司商量着判定比赛的输赢，这种做法在其他体育项目中是完全无法想象的。

"这样一来，我们就改变了传统"，如果有人发出类似反对声音的话，我觉得就只能直接回到相扑的原点了。

按照传统，我们需要减少比赛场次，而且能登上土俵的相扑力士必须只能是日本人。因为相扑比赛原本是日本一项传统的祭祀活动，所以肯定不能交给外国人来做。

如果说以上两种观点都有问题，那么我认为取消相扑协会的公益法人属性，取消政府的财政拨款才是最好的做法。若是政府不再给相扑协会拨款，而是让这项活动自负盈亏，那么相扑协会一定不会成为今天这样一个藏污纳垢的腐朽组织。

假如相扑活动真的想转型为一项娱乐产业，那相扑协会必须认真制订出"新计划"。

首先，对他们来说最重要的就是"放下一切限制，最大限度地博人眼球"。虽然我对目前相扑比赛的分组机制不太了解，但如果想赢得高收视率，他们就应该优先安排观众最想看的对战。

这么一想，第一场比赛必须安排日马富士与贵之岩的仇家对决。我们需要把已经退役的日马富士从蒙古国请回来。此外，整场比赛中最重要的规则就是允许使用啤酒瓶和KTV里的遥控器当武器[9]。

接下来是"丑闻组对决"，这场我们要安排立浪亲方⑩对战式守伊之助。曾因出轨事件被报刊报道、被称为"摔角界松山健一"的帅哥亲方对战因性骚扰而恶名昭著的行司，这绝对会成为一场与众不同的对决。

凭双方的实力来讲，这场比赛肯定是立浪亲方的压倒性胜利，然而式守伊之助会一边喊着"啊，太有男人味啦"，一边狂热地抱住立浪亲方不放手（笑）。这么搞笑的场面一定会创造历史。

接着，最棒的对战组合来了，他们是贵乃花亲方对战八角亲方⑪。贵乃花与八角都是曾经有名的横纲，他们都是退役后做了相扑部屋的一把手。如果这两个人可以一决雌雄，观众们下注的金额绝对大得吓人啊。

最大的谎言：AI夺走了人们的工作岗位。
在这场竞争中，聪明人渔翁得利。

因AI而获利的永远是"庄家"

有人说，现在社会已经不再是人与人之间的竞争了，在这场竞争中，人工智能（AI）也参与了进来。据报道，我国三家大型银行已累计裁汰工作岗位 3.3 万个，其中主要的原因就在于 AI 与大数据的运用。今后，各行各业的工作都会出现被人工智能取代的现象。

人工智能的运用绝不只限于银行业，在社会各行各业中，AI 都在不断剥夺着人们的工作岗位。有数据显示，到 2035 年，日本将有 49% 的工作岗位会被 AI 和机器人所取代。

这样下去的话，人类是不是要完了？可是，推进 AI 化进程的正是一部分"聪明人"啊。

AI 化的本质问题是贫富差距，既有钱又聪明的人把本来应付给普通人的钱抢走了。人工智能不会像人一样犯低级错误，在服务的过程中也不会出现纠纷。它们不但比人工成本低廉，而且使用起来更加方便。

"东京大学学生的父母的收入往往都较高"，我们在此不讨论这个话题，但可以肯定的一点是，今后寒门再难出贵子。AI 化会成为日本阶层固化的最终武器。有些事情现在已初见端倪，比如很多人喜欢排队购买最新款的智能手机。他们一边排着队，一边喜形于色地发表

"真方便呀""太酷了"的言论，他们在不知不觉中向IT企业和通信公司交着"岁贡"。

我小的时候，人们常说："吃得苦中苦，方为人上人。"那时，职业棒球运动员里有许多苦出身的，现在却已经没有多少家境贫寒的人了。比如，清宫幸太郎的父母都是著名运动员，他们家底殷实，为了培养孩子，甚至在自己的家中修建了击球练习场。去东京大学读书必须得有钱，当职业运动员也必须得有钱。不管怎么说，现在就是这个世道。

因此，现在的年轻人要学着去过没有太高指望的生活，看到一些奢侈品也要学着假装视而不见。

比如，我们不吃高级寿司和全套法国大餐，只吃回转寿司和拉面也觉得很满足；不开高级轿车和跑车，只开租赁汽车就够了。

我说的这些并不仅限于生活方面，工作方面也是如此。不要想着玩儿命加班以求职业晋升或是出人头地，而是应该平淡地接受"符合自身条件的小确幸"。从某种意义上来讲，聪明的生存方式是从一开始便放弃"跻身高于原生世界"的念头。对于艺人们来说也是如此，目前很难有人超越我、明石家秋刀鱼和塔摩利（森田一义的艺名）等老前辈。

即便到了七十岁，我还是有很多想做的事，我总是干劲儿十足，连周围的人看了都想劝我歇歇。我现在已经开始做明年的新企划了。我虽然不知道还能活多久，但只要还没入土，就要把想做的事情坚持到底！

注释：

①SPEED：日本流行音乐史上的年轻少女组合。出道时，组合成员的平均年龄仅为十二岁，由岛袋宽子、今井绘理子、上原多香子和新垣仁绘四人组成。该组合在1990年于日本达到巅峰，于2000年3月宣布解散。

②堀江贵文：日本知名门户网站 livedoor 的前总经理。

③R-1大奖赛：由吉本兴业主办的日本单人艺人比赛，通称R-1。

④贵乃花：日本著名职业相扑选手，是第65届横纲（相扑选手的最高级别）。

⑤贵之岩：日本职业相扑选手，师从贵乃花。

⑥土俵：相扑比赛的场地。

⑦行司：是相扑比赛中主持比赛进程的人，也是比赛的裁判员。他们由序之口格行司至立行司，分九个等级，各有不同的服饰，并主持不同级别的比赛。

⑧部屋：日本培训相扑力士的组织，类似一些武术流派的道场或体育竞赛的队伍。

⑨在日马富士与贵之岩的纷争中，日马富士曾使用啤酒瓶和KTV里的遥控器攻击贵之岩。

⑩相扑部屋的头领被称作"亲方"。

⑪日本电视台节目 *Sukkiri* 中，曾爆出贵乃花与八角不和一事。

别刊 — 年度最火人物『万人嫌大奖』

《周刊 Post》连载——"北野武的《21 世纪毒舌谈》"知名企划紧急发布!

我们将评选出政治界、文艺界、体育界等各界最抢眼的人物,授予"万人嫌大奖"的殊荣。此次评选由《足立区的武,世界的北野》[①]策划。2018 年,社会各界中有许多候选人将获得提名,不过本次评选与以往有所不同。

那么,在这话题人物盛况空前的 2018 年中,谁将摘得桂冠呢?

2018 年的话题人物盛况空前!这次的候选人将超过 2014 年佐村河内守、ASKA、小保方晴子那届,也将超过 2016 年 Becky、JoneK 那届。2018 年是个"丰收"之年!——评审会委员长北野武

北野武曰:"浑蛋们,一年一度的评选又开始啦!我总是不自量力地自封为评审会委员长。虽然由我自己说出来有点不好意思，毕竟我是旭日小绶章的获得者、法国"荣誉军团勋章"的获得者'世界的北野武'呢！这么正经的我要来策划一个这么低俗的评选，还真是有点对不起喜欢我的粉丝们呀。如果因为我的节目策划案导致最近新做的时尚品牌 KITANOBLUE② 的销量受到影响可如何是好啊。而且，我老在这里说别人的坏话，大家会说：'你才是那个万人嫌之王吧！'"（以下引号内的内容均为北野武发言）

——不必担心，2018 年度第一位候选人就是从自己的事务所——Office 北野离职，做出前所未闻的举动、造成舆论哗然的北野武！

"咚！（跪了）。浑蛋，果然还是被提名了吗？我只知道被《周刊 Post》给当成哏了。不过，为啥我从自己的事务所离个职就非得上头条不可呢？多亏了这篇报道，我被大众批评得很惨啊，什么"北野武军团溃不成军啦""简直就是日本大学事件的翻版"等。都是咸吃萝卜淡操心！如果要提名的话，不应该提我吧，而是应该提名原事务所的董事长才对吧？！"

——正如审查会委员长所说，惹事程度不亚于北野武军团的是日本大学美式橄榄球部，他们的"恶意犯规"事件一度在社会上引起轩然大波。其中应该参与评奖的是理事长田中英寿、前督导内田正人、前教练井上奖三人！

"什么两支队伍实力不相上下！浑蛋！日大（日本大学）明明就是输了啊！这三个人就是黑帮老大、少帮主和主事的头子。他们不断向下转嫁责任，简直像是黑帮之间的血斗！我想，要不要以此为题材拍一部新电影呢？"

——噢噢，这部电影的宣传语不是"全员恶人"，而是"全员日大"。

"故事是这样的，由田中率领的相扑部对战内田率领的美式橄榄部，这将是一场无关乎侠义的权力之争。既然是一场血斗，那就应该有登场人物'牺牲'的场面。比如，被壮汉恶意抱腿拦截的壮烈场面，或是口中被塞入'日大蛋糕卷'后窒息而亡……"

——故事设定得太过详细了！除了日大以外，还有一个有影响力的竞争者跃跃欲试，他就是日本拳击联盟会的前会长山根明！

"然而，山根明到底是何许人也？他不但不隐瞒自己与黑帮有来往，还在电视节目上大肆宣扬。这种人设实在是太不按常理出牌了吧？无论是日大三人组还是山根会长，他们都长相凶恶，让他们演坏人都无须刻意打扮，跟真正的黑帮白龙站在一起也绝不逊色。

"听说山根会长与日大的田中理事长关系甚密？看到他们两个人的合照，就能看出他们确实情投意合。听说山根会长还被聘为日大的客座教授，我有点好奇他们到底在给学生们上什么样的课啊。"

——2018年，体育界有许多关于职权骚扰的诉讼。曾在奥运会上获得女子摔跤金牌并获得"国民荣誉奖"的伊调馨选手所状告的上司是摔跤界的名伯乐荣和人！

"职权骚扰本身就够性质恶劣的了，荣和人在新闻发布会上公开道歉后的当晚就去了红灯区玩乐，这实在是太荒唐了。而且，一起同去的竟然是搞笑组合千原兄弟中的千原靖史，这算个什么事儿（笑）。我真是希望荣和人教练可以好好剃剃他的光头，考虑改个行重出江湖吧。"

——荣老爷子已经是光头了，好吧！

"我觉得荣教练可以利用好他的光头来几个搞笑段子。不如加入北野武军团，来跟我们的井手博士一起组成'光头父子相声组合'吧？"

开玩笑也要有个分寸！与这场骚动有关的还要提及至学馆大学的校长谷冈郁子。"荣教练是不会进行职场骚扰的，他没有那个权利。""伊调原本就是选手吗？"她的发言完全不顾舆论导向，对事件本身火上浇油。此外，"请不要令荣教练头秃加剧"这个"秃如其来"的发言真是滑天下之大稽。

"这个大学校长，如果我是剧本家桥田寿贺子的话，我一定去找她来演《冷暖人间》。谷冈校长的脸像极了这部电视剧里欺负泉平子的恶小姑。"

——泽田雅美！她确实像极了这个人物（笑）。

"我说得没错吧？她把吉田沙保里和伊调馨骂得体无完肤，是打算当摔跤界的王者来君临天下吗？"

——除了谷冈校长，我们还要提名几位风格奔放的中年女性。

"那个池坊阿姨一直叫嚣着'品格、品格',冠冕堂皇的言辞背后只不过是一些利己的主张。她在上节目 *TV Tackle* 的时候,净说一些不负责任的话,我实在是听不下去,破天荒地反驳了她。还有任意妄为的鸠山夫人,我至今还记得鸠山夫人跟我打招呼的时候说,'你好,我来自仙女座星云'。好嘛,这两个人再加上一位(我们给她起个名字,叫阿惠吧),我们就可以拍一部桥田寿贺子的家庭伦理剧了。

"故事是这样的,性格奔放的阿惠嫁到了一个叫池坊部屋的相扑部屋,与婆婆——曾经的女主人池坊、小姑郁子每天鸡飞狗跳的日常。每当阿惠犯蠢的时候,池坊都会指责道:'以你的品格配当家里的女主人吗?'这时,郁子会添油加醋:'难道阿惠原本就是女主人吗?'"

——如果她们动真格的话,任凭谁也招架不住吧!

"哎呀,面对这种情况,阿惠也不会默不作声。她会把这两个人欺负自己的样子上传到脸书上,再配上个标题《女人们的恶相》。然后,她们三个人在KTV包厢里拿遥控器互殴。这一段可以把整个剧情引向高潮。看剧的主妇们一定是一边说着'啊，气死我了'，一边每周看得津津有味。收视率一定很高！"

——住手！

"高峰部屋"对战"深谷部屋"。

——聪明的读者肯定猜出来还有后续，提到遥控器，就非他莫属了！他就是因殴打贵之岩，从而隐退的日马富士！

"关于这一事件，我有很多不敢苟同的地方。为什么同样都是暴力冲突事件，我就被警察逮捕了，而日马富士就可以被书面送审？每次体育圈出现这类事件，《东京体育》都会写出'打算加入北野武军团吗'这样的文字，真是愁死我了。"

——接收了渡边心、东国原英夫、山本梦娜等绯闻艺人的北野武军团简直是"北野武再造星工厂"。据说，日马富士回蒙古国后创办了一所小学，并且打算担任小学校长……

"这也太无聊啦。我每次看到日马富士脸上的痘坑和鼓鼓的腮帮子，都会想起桃色医事漫谈中的KC高峰。我好想让日马富士也来做一档成人节目，艺名就叫'KC

日马'，节目就叫《相扑桃色漫谈》。"

漫谈的内容是这样的：

"小妹妹，要不要来跟我练习撞一撞？"

"虽然现在不需要啪啪地踏脚了（相扑的基本动作），但是每天还是要啪啪的。"

"高峰部屋和深谷部屋，你要来哪一个呀？"

"我的必杀技是……"

——等等！我们绝不能忘记相扑界还有个狠人，他就是对同行的师弟进行性骚扰，因为摸师弟的胸部而引咎辞职的式守伊之助！

"式守伊之助不是之前辩解说自己不喜欢男人吗？难不成他连对方是男是女都分不清楚了？眼神这么差的话，肯定在相扑赛场上经常错判。难不成他的求爱佳句就是'可以摸下胸吗？'"

——爱说这句话的是财务次长福田淳一！此外，我还要提名与福田淳一同期入职的、善于与媒体周旋的前国税厅长官佐川宣寿。

"佐川宣寿毕业于东京大学，并且做到了日本财务部门的一把手。这小子看似知性，然而见到小姐姐就问人家'玩不玩游戏呀',实在是斯文败类。佐川长着一副老实相,其实就是匹披着羊皮的狼。此外还有一位厉害角色,她就是与上述两位同期进入政治队伍的片山皋月,被称为'政界的麦当娜',这个人不知不觉间当上了总务大臣。大家选她当大臣真的没问题吗?"

——片山也因为丑闻迭起被评审委员会紧急提名!哎呀,这届官员真够牛的。

骑自行车环游日本的"居心不良之旅"

——因"加计学园"事件而声名狼藉的校长加计孝太郎当然也要被提名。

"'加计学园'以不正当的手段争取建设用地和拨款一事的新闻发布会,是放在世界杯和大阪地震期间召开的。我惊呆了,这种做法实在是太卑鄙了,他们在兵荒马乱的时候趁机躲避人们的关注。我认为关于这一情况,报社和电视台也同样负有不可推卸的责任。这种涉及安倍政权的大事,哪怕是在世界杯期间也要大力报道才对啊。结果,各大媒体只是顺便一提,草草了事。浑蛋!

好郁闷啊,我单飞的消息要是也在世界杯期间发布就好了!"

——功亏一篑!某犯人成功逃脱,引起社会各界广泛关注。此犯人从爱媛县松山监狱逃脱,出逃时间长达23天!

"我在听到犯人在逃的新闻时,马上对北野武军团说,'咱们得抢在警察前面把逃犯抓住啊'。这样一来,我们便可以最大限度地吸引媒体了!虽然我们制定了这个大目标,遗憾的是完全没能实现呀。据说,犯人在狱中表现良好,而且刑期也快满了,越狱的理由竟然是'监狱中的人际关系太过恶劣'!监狱和日大美式橄榄球部相比,哪个生存环境更恶劣?"

——难道说日大的生存环境更加恶劣吗……还有一个牛人,我们不能把他漏掉了,他就是从大阪富田林警署提审的路上逃跑了的逃犯!当时,我们都认为犯人很快就会被抓回去,没想到竟然出逃了一个半月!真是轰动全国。

"这家伙在自行车前面挂着一个牌子'环游日本一周',他装成了一个骑行者。你当自己是火野正平吗?!

你这不是《穿越日本 心灵之旅》,而是《越狱逃亡 居心不良之旅》吧。"

——被 NHK 点名批评!

林议员的体形妨碍我们正常营业。

——文艺界也要报名参选!我们首先推出的是,把女高中生叫到家里强吻,后引咎退出 Tokio 组合的山口达也!此外,杰尼斯偶像组合 NEWS 的成员也因与未成年人饮酒被推到舆论的风口浪尖。

"哎呀,以前法律法规都不是很严格,大家都没有特别遵纪守法,我能生在那个年代还真是幸运啊!其实,说到底叫一个过了四十岁的男人继续当青春偶像是很不靠谱的。这是反人性的,没有哪个偶像能做到'一生纯洁无瑕'。不过,他们既然是这个时代的艺人,就要有点思想觉悟,不然也太不讲究了。"

——我还要提名一位,他就是嫌弃七千名观众太少,演唱会临时罢演的泽田研二!

"过了七十岁,还能有七千名观众来看他的演出,已经很厉害了,好吗?不过,一般人会说出'因为观众太少,所以我不演了'这样的理由吗?一般人应该也会说个'由于身体状况不佳'，或者别的什么听起来靠谱一点的理由吧？Julie（泽田的昵称）完全无视《任意让时光流逝》[③]而变成了一个大腹便便的老头。下次我在《看世界》这个节目上要不要穿上肯德基爷爷的衣服来一波cosplay？登场的时候就说，'你好，我是泽田研二'。"

——点到为止！接下来是政坛精英，在上班期间乘坐公务用车去"性感瑜伽俱乐部"被《周刊文春》报道出来的前文部科学省大臣林芳正！

"这真是荒唐啊。那家店是一家瑜伽私教店，由一个穿得很少的小姐姐一对一教授瑜伽课程。不过，店方也严肃地辩解了一下，说：'我们是正经瑜伽室，请不要影响我们正常营业！'然而，我们冷静地思考一下，比起媒体报道店员是美女、此店有色情服务什么的，报道出'林大臣长年在此店练习瑜伽'才更加影响他们的正常营业吧？毕竟林大臣体态臃肿、脑满肠肥，这很容易让人觉得'瑜伽对减肥无益'啊。"

——虚拟货币交易所因受到黑客攻击，五百八十亿日元的虚拟货币被盗。新闻发布会期间，此交易所的老板——一个二十多岁的小伙子表示对于客户的损失他们会全额赔偿。

"我震惊了,这些家伙到底有多少钱啊。我之前听说过玩比特币挺赚钱的,但没想到竟然这么赚钱。比特币兑换的场所很有限,而且也只能在网上交易,感觉挺不安全呀。哎呀,真是没想到这玩意儿竟然能吸引这么多资本,让投资者赚得盆满钵满啊。如果虚拟货币真这么好赚钱的话,我要不要也参与一下啊?

"货币的名称当然要叫'Beat 币'④,我的粉丝们如果不来购买 Beat 币的话就亏大了哦。'1 日元 =1Beat 币',从十万 Beat 币到一百万 Beat 币、一千万 Beat 币。随着持有金额的上升,粉丝们可以享受到的服务也随之提升。根据相应的金额,还会附送'北野武单人独享现场表演'和'艺名命名权'哦。"

——这样一来,想收集 Beat 币的人可能还挺多呢!

"不过,大家需要注意的是,Beat 币中偶尔会有假币。平均 100 枚 Beat 武币中有一枚 Beat 清币⑤(笑)。这种假币不管你持有多少,都无法享受到北野武的优待哦。而且,如果你拿着 Beat 清币去找 Beat 清的话,不但没有优待,还会被大大地敲诈一番,他会让你亲身体验一下遭遇诈骗的感觉。"

——还是点到为止！我们的提名已经临近尾声，那么本次连审查委员长都被提名的"万人嫌大奖"最终的大奖到底花落谁家呢？

"当当当当，他就是摔跤教练荣和人！他在出事之后还被所在大学的校长辞退，实在是太惨了。真心希望荣教练可以与大型假发制造商强强联手重出江湖。他可以戴上精致的假发，最好再植个眉，改名换姓转投别的学校，重新就任摔跤部教练。之后再培养出一票知名摔跤选手。人们肯定会问：'那个教练是谁呀？'到时候，他可以像抖包袱一样把假发一摘，亮明身份。这也是对假发企业最好的宣传。这样一来，不但可以震惊到谷冈校长，还可以靠着拍广告赚到一大笔钱，而且名声也重新回来了。您觉得我这个计划如何呀，荣和人先生？加油！加油！"

注释：

①《足立区的武，世界的北野》是日本一档深夜娱乐节目。

② KITANOBLUE：由北野武创立的一个潮流服装品牌，中译为"北野蓝"或"北野之蓝"。
③《任意让时光流逝》：泽田研二的代表作。
④北野武艺名为 Beat 武。
⑤ Beat 清：日本著名相声演员，曾与北野武共同组成相声组合 Two Beats。

结语

至今为止,我在小学馆出版的书大都是"感受到社会中的不和谐音符"并毒舌吐槽的类型。

比如,《毒舌北野武》中,我分析了日本人讲话虚伪背后的社会本质。在《在电视上不能说的话》中,我以媒体言论限制升级为契机,涉足了这个舆论禁区。

本次新书《北野武的孤独时刻》一改往常的文风,与以往作品完全不同。

我们"二战"后人口膨胀的一代已经进入七十岁了,整个社会开始面对"衰老"与"孤独"等话题,我一直在做的报刊的专栏中也很自然地涉及这些题目。而且,最近两三年里,有许多对我来说非常重要的人接二连三地离开人世。我在书中写了许多关于他们的故事,受此影响，整本书的调子也自然地充满了寂寥感。

而且，2018这一年，我的身边发生了许多的事情，周围的环境也发生了变化。虽然我依旧喜欢毒舌吐槽，但现在我会"三思而后吐"。

我还是会继续讽刺日本社会。然而，讽刺着讽刺着，心中的愤怒渐渐变成了伤感。我们搞笑艺人在严肃地针砭时弊，而政客要员却在拼命地搞笑，并且这个现象还在愈演愈烈。

出于上述种种原因，本书的编辑可能会给本书取一个不同于以往风格的名字。

不过，我还没有江郎才尽，这一点大家不要搞错了。每次有人问我："人生中还有什么未完的心愿吗？"我都会回答："当前在做的所有事情。"小说写作方面，我感觉自己还没有碰到天花板；电影拍摄方面，我依然有信心拍出更好的作品。每天，我都会萌生出许多新想法，乐此不疲。

因此，我每天都会认真地调侃一切。这正是我对抗衰老与孤独的一剂良方，因为每时每刻都全力以赴，所以随时随地都可以坦然地面对死亡。

我依然会不断推出令人耳目一新的节目企划,请大家拭目以待。加油!加油!

2018 年 11 月

北野武

图书在版编目（CIP）数据

北野武的孤独时刻 /（日）北野武著；王彤译. —
成都：四川文艺出版社，2022.7
ISBN 978-7-5411-6374-6

Ⅰ. ①北… Ⅱ. ①北… ②王… Ⅲ. ①杂文集－日本
－现代 Ⅳ. ①I313.65

中国版本图书馆CIP数据核字(2022)第094935号
版权登记号　图进字21-2022-106号

"SAMISHISA" NO KENKYU
By TAKESHI BEAT
© TAKESHI BEAT 2018
Chinese (in simplified character only) translation rights arranged with T.Nゴン
through BARDON CHINESE CREATIVE AGENCY LIMITED

BEIYEWU DE GUDU SHIKE
北野武的孤独时刻
［日］北野武　著　王彤　译

出 品 人	张庆宁
特约策划	魏　凡
责任编辑	王思鈜　王梓画
责任校对	段　敏

出版发行	四川文艺出版社（成都市锦江区三色路238号）
网　　址	www.scwys.com
电　　话	010-82068999（发行部）　028-86361781（编辑部）
排　　版	北京夏和书情文化传播有限公司
印　　刷	嘉业印刷（天津）有限公司
成品尺寸	126mm×185mm　　开　本　32开
印　　张	6.25　　　　　　　　字　数　100千字
版　　次	2022年7月第一版　　印　次　2022年7月第一次印刷
书　　号	ISBN 978-7-5411-6374-6
定　　价	49.80元

版权所有·侵权必究。如有质量问题，请与本公司图书销售中心联系调换。010-82069336